**아무것도
모르면서**

바일라 004

아무것도
모르면서

김태호 · 문부일 · 박하익
진형민 · 최영희 · 한수영   테마 소설집

서유재

지금 그 사람이 당신에게 일상처럼 고백을 하고 있을지도 모릅니다. 눈을 크게, 귀를 열고 고백을 들어주세요. -김태호

누구나 포근하고 안전한 공간에서 살 수 있다면 우리 사회가 안정을 찾을 수 있을 테고, 그러면 경쟁의 강도가 약해질 텐데. 루오와 승리가 살아갈 세상은 지금보다 조금 더 따스했으면 좋겠다. -문부일

모과에는 모과의 속도가 매미에게는 매미의 속도가, 그리고 너에게는 너만의, 나에게는 나만의 속도가 있는 거라고. 그러니 조바심 내지 말라고. 우리가 해야 할 일은 자기 몫의 울음을 마지막 한 방울까지 울어내는 거라고. 그러면 된다고. -한수영

비극은 평생을 살아도 사랑에 빠지지 못할 때 일어납니다. 모두에게 행운이 있길. -박하익

아이들에게 늦은 안부를 묻습니다. 어디든 집이라 부를 수 있는 곳에 머물고 있는지? 제주의 또 다른 세디게와 오미드에게도 너무 늦지 않게 인사를 건네려 합니다. 기대어 쉴 수 있도록 마음을 나누려 합니다. -진형민

길고 묵묵하고 외로운 전쟁을 치르는 명근이를 위로할 방법은 하나밖에 없다. 너만의 싸움이 아니라고 말해 주는 것. 나 역시 네 곁에서 밤새 싸우고 있었다고 알려 주는 것.
인생 씨, 우리도 반격을 준비하고 있단 것만 알아둬. -최영희

김태호

대천에 있는 바닷가 마을에서 태어나 서양화를 공부했다. 그림책을 만들다
가 동화작가가 되었다. 그동안 펴낸 책으로 그림책 『아빠 놀이터』, 『삐딱이
를 찾아라』와 동화책 『네모 돼지』, 『제후의 선택』, 『신호등 특공대』, 『파리 신
부』가 있다.

콩

　도넛 모양의 담배 연기가 공중으로 떠올랐다. 연기는 건물과 건물 사이 좁은 공간을 느리게 날아올랐다. 담벼락 위로 고개를 올려 보니 사각형의 파란 하늘이 보였다. 연기는 골목을 빠져나가 하늘로 오르는가 싶더니 얼마 가지 못하고 벽 속으로 스며들듯 사라져 버렸다.

　골목 안은 밖에서 일부러 들여다보지 않으면 잘 보이지 않았다. 벽 한쪽에 아무렇게나 쌓인 나무상자 뒤에는 일인용 소파가 있다. 치국은 소파에 등을 기대고 앉아 붕어처럼 뻐끔뻐끔 담배 연기를 뿜어냈다. 나는 맞은편 담벼락에 기댄 채 눈치만 살폈다. 불려 나온 지 십 분이 넘었지만, 치국은 아무 말이 없었다.

　치국은 알뜰하게 태운 담배의 불씨를 검지 끝으로 탁 튕겼다. 담배꽁초는 뱉어 낸 침들 사이 땅바닥을 나뒹굴었다. 치국은 빈 □□□을 □□ 신에 □□□ 내밀었다. 담배를 다시 새우는 건 언제나 내 몫이었다.

"엄마가 밥 차리는 중이야. 저녁 먹고 갔다 줄게."

"그동안 난 손가락 빨라고?"

치국은 담뱃갑처럼 얼굴을 구기더니 카악 침을 뱉고 일어났다.

"나도 밥 좀 먹자!"

안 되는데. 혼자 웅얼거렸던 것 같다. 치국은 못 들은 척 내어깨에 손을 올렸다. 치국의 몸이 한쪽으로 기우뚱 기울었다. 나보다 키가 작은 탓이다. 치국은 얼른 손을 빼고 앞서 걸어갔다. 중3이 되고 나서 내 키는 부쩍 자랐다. 치국보다 덩치도 월등히 컸다. 하지만 덩치만큼 두려움도 함께 자라는 게 문제였다. 치국의 그림자를 발로 짓누르며 뒤를 쫓았다.

가게 안으로 들어섰다. 계산대 뒤쪽 공간에 저녁상이 차려져 있고, 밥상 앞에는 작은 여자 콩이 앉아 있었다. 몇 번만 동그랗게 말면 콩처럼 작아질 것 같은 사람이었다. 그래서 콩이라 불리는지도. 콩은 얼마 전부터 옆집에 새로 생긴 커피숍에서 일을 시작했다. 따뜻한 나라에서 온 이방인의 얼굴이 왠지 낯설지 않았다. 눈에 띄는 모습에 '콩', '코옹' 불리는 것을 몇 번

스치듯 본 게 전부였다. 가까이서 본 것은 오늘이 처음이다. 눈이 마주친 콩은 괜히 창밖으로 고개를 돌렸다. 치국이 나와 콩을 번갈아 보며 눈을 깜박였다. 콩이 왜 거기 앉아 있는지 놀란 건 나도 마찬가지였다.

"치국이도 왔구나! 잘했네. 같이 먹자."

엄마가 슈퍼 안쪽에 있는 부엌에서 접시를 들고 나왔다. 접시 한가득 돼지주물럭이 하얀 김을 쏟아냈다. 네모난 교자상에는 귀한 손님 대접하듯 금방 버무린 무침들과 두부, 콩자반, 계란말이, 김치와 북엇국까지 차려져 있다. 어차피 엄마랑 나 두 사람이 먹기엔 넘치는 상차림이다. 다른 누구 하나쯤 함께 먹어도 상관없겠지만, 그게 거의 매일이라면 얘기는 달라진다. 엄마는 자주 이웃 사람을 데려다가 밥상에 앉혔다. 가끔은 싫다는 사람을 억지로 붙들어 앉히기도 했다. 오늘은 콩이 지나가다 붙들렸을 것이다. 콩의 눈동자가 불편한 듯 흔들리고 있었다. 안 된다는데도 자기 발로 앞장서서 온 치국이까지, 오늘은 전혀 달갑지 않은 두 사람이다.

"먼 데서 와서 고생이 많네. 베트남이라고 했지?"

엄마는 계란말이를 콩 앞쪽으로 밀어 주었다.

"네. 잘 먹겠습니다."

콩은 꽤 긴장된 빛으로고 안색을 어미 것끼기을 들었다.

"치국이도 많이 먹어라."

치국이 녀석은 대꾸도 없이 고기부터 입속에 처넣었다. 어디로 갈지 몰라 헤매던 콩의 젓가락도 조금씩 바쁘게 움직였다.

"밥 맛있어요."

콩이 유난히 하얀 이를 드러내며 웃었다. 치국은 한 숟가락 가득 밥을 퍼서 고기를 두 점씩 올려 먹었다.

"많이 먹어. 친구들끼리 싸우지 말고."

엄마가 치국이 앞으로 고기 접시를 밀었다. 싸우다니! 엄마는 아들이 일방적으로 얻어터지는 걸 몰랐다. 고기 힘으로 또 때릴 텐데. 나는 치국의 앞에 있는 고기 접시를 살짝 내 앞으로 당겼다. 치국이 눈을 흘기더니 다시 자기 쪽으로 끌어당겨 한 번에 고기를 두세 점씩 입안에 구겨 넣었다. 이내 접시는 바닥을 드러냈다. 콩이 뒤늦게 마지막 남은 고기 한 점을 집어 들었다.

탁!

나는 기다렸다는 듯 빈 젓가락을 식탁에 거칠게 내려놓았다.

"혼자 다 먹어라."

콩을 노려보며 소리쳤다. 치국이한테 하고 싶은 말을 괜히 콩에게 쏟아부었다. 고기를 집은 젓가락이 갈 곳을 잃고 허공에 멈춰 진한 국물을 떨구었다. 천천히 고기 한 점이 다시 접시 위로 돌아왔다.

"왜 그래? 고기 더 가져올게."

엄마가 고기를 콩의 밥그릇에 다시 덜어 주고는 서둘러 부엌으로 달려갔다. 나는 자리에서 일어나 계산대 옆 진열장에서 담배 한 갑을 꺼내 윗주머니에 찔러 넣었다. 콩이 힐끔 쳐다보았다. 치국이 왜 벌써 일어나냐는 듯 불만이 가득한 눈빛으로 쏘아봤다. 엄마가 돌아오는 소리에 급히 가게를 나왔다. 곧 입안 가득 음식을 씹으며 치국이 쫓아 나왔다. 치국의 눈썹이 잔뜩 구부러졌다. 큰소리치고 뛰쳐나오긴 했지만 벌써 밖은 앞이 캄캄했다.

"이런 개새끼!"

골목에 들어서자마자 치국의 주먹이 날아왔다. 경험상 주먹을 덜 맞으려면 바닥에 쪼그려 앉아야 했다. 치국은 옆구리에 힘차게 발차기를 날렸다. 헉! 한동안 숨을 쉴 수 없었다.

"내놔!"

제길. 담배는 잊지 않고 챙긴다. 눈앞에 치국의 손바닥이 흔들거렸다. 힘겹게 윗주머니를 뒤적여 담배를 꺼냈다. 담배를 너이젠 치과인 골목을 유유히 빠져나갔다. 그냥 참고 앉아서 밥이나 먹을걸. 매콤달콤한 주물럭이 생각났다. 벽에 기대어 힘겹게 일어났다. 골목 끝에서 누군가 보고 있었다. 잠시 나를 향해 머물러 있던 시선은 서둘러 사라졌다.

대로를 따라 늘어선 상가 앞은 바다다. 성수기 여름이 지나고 썰렁해진 거리엔 이젠 선선한 바람이 불었다. 맞은 티를 안 내려면 시간이 좀 필요했다. 골목을 빠져나와 해변과 연결된 계단으로 내려갔다. 가로등 불빛이 닿지 않는 계단 끝쪽에 앉았다. 마지막에 차인 옆구리를 손으로 살살 문질렀다. 여전히 뻐근함이 남아 있었다.

바람이 시원했다. 밤의 해변은 아무것도 보이지 않았다. 쏴악! 소리와 함께 흰 거품을 물고 바다가 모습을 드러냈다가 사라지길 반복했다.

누군가 계단을 내려오더니 내 옆에 섰다. 고개를 들어보니 커다란 눈만 껌벅거리며 서 있었다. 콩이었다.

"이거."

콩이 종이컵을 내 앞으로 내밀었다.

"밥값이다. 고깃값."

콩은 내 옆에 종이컵을 내려놓고 계단을 뛰어올라 갔다. 뭐지? 콩을 향해 손을 들어 올렸다가 옆구리 통증에 한동안 꼼짝 못했다.

계단에 엎드려 있는데 콧속으로 커피 향이 밀려들어 왔다. 천천히 종이컵 뚜껑을 열어 봤다. 콩을 볶은 듯한 구수한 냄새가 코를 찔렀다. 깊숙이 냄새를 들이마시고, 뜨거운 커피를 살짝 맛보았다.

"아으, 써!"

뜨겁고 쓴맛에 정신이 번쩍 들었다. 이런 게 뭐가 좋다고 어른들은 손에서 놓지 않는지 이해할 수 없다. 나는 커피를 계단 옆 풀숲에 쏟아 버렸다.

집에 돌아오자마자 가게를 지나쳐 수돗가로 향했다. 다행히 엄마는 손님을 상대하느라 나한테 신경 쓸 여유가 없었다. 우리 집 슈퍼는 대로변 끝에 있는 정사각형의 낡은 1층 건물이다. 건물은 커피숍과 슈퍼로 나눴지만, 건물 뒤쪽에 수돗가와 화장실을 함께 썼다. 슈퍼 안쪽에는 방 하나와 부엌이 있다. 방은 내가 쓰고, 엄마는 계산대 뒤쪽 공간에서 잤다. 부엌에 달린 뒷문을 열면 바로 수돗가였다.

"끄응."

수돗가 바닥에 세숫대야를 놓고 쪼그려 앉았다. 옆구리가 아

푼 민 끼꺼있있거만 어긴히 불편했기. 리기오 믄구 머리를 저
시고, 샴푸로 흰 거품을 내고 있을 때였다. 누군가 엉덩이를 발
로 툭툭 건드렸다. 나는 손에 물을 묻혀 눈가에 묻은 거품을 닦
아냈다. 찡그리며 눈을 떠 보니 거기 콩이 또 서 있었다.

"기분 나쁘게 왜 발로 건드려?"

손에 묻은 거품을 바닥에 거칠게 튕겼다.

"너는 몇 살이야? 왜 나한테 반말해?"

또박또박 정확한 발음과 함께 콩이 날카롭게 눈을 흘겼다.
진한 쌍꺼풀 때문에 눈이 더 매서워 보였다.

"그러는 너는, 며……몇 살인데?"

내가 말을 더듬자 콩이 기세를 타고 얼굴을 가까이 댔다. 하
마터면 코끝이 서로 닿을 것 같아 뒤로 주저앉고 말았다. 바닥
의 차가운 물기에 엉덩이가 젖었지만, 꼼짝할 수 없었다.

"내 이름 '응우옌 티 호웅'이다. 너보다 누나다."

이대로 밀리면 안 될 것 같았다.

"호웅이나 콩이나. 씨!"

앉은 채로 허리를 쭉 펴니 키가 비슷했다.

"너 내가 준 커피 다 쏟아 버렸지?"

그걸 또 본 모양이다.

"누가 달랬나?"

그래서 어쩌라고? 맘대로 하라며 다시 머리에 흰 거품을 부풀렸다. 한동안 뒤통수가 따가웠다. 커피숍 뒷문이 닫히는 소리가 들렸다. 물엿에 삶은 콩처럼 얌전한 줄 알았더니, 볶은 콩처럼 톡톡 튀었다.

커피숍에서 먹고 자는 콩은 이후로도 우리와 자주 함께 밥을 먹었다. 엄마는 음식을 복스럽게 먹는다며 콩을 예뻐했다. 조그만 덩치가 잘 먹긴 잘 먹었다.

"우리 식구냐고요?"

점심을 같이 먹고, 저녁상 자리까지 마주 앉은 콩을 향해 불편한 기색을 숨기지 않았다. 콩은 쉽게 기가 죽지 않았다. 콩이 점점 볶은 콩의 본색을 드러냈다. 내 구박에도 별 반응 없이 콩은 밥만 잘 먹어 댔다.

콩은 이제 제집 드나들듯 부엌 뒷문을 통해 커피숍과 우리 집을 오갔다. 부엌 바로 옆에 있는 내 방을 지나가다 힐끔거리며 쳐다보곤 했다.

어느 날, 학교에서 돌아왔다가 내 방 책상 앞에 있는 콩과 마주쳤다. 뭔가 찾는 듯 책상을 뒤지고 있었다.

"끼끼끼 떼 에?"

당황한 콩은 방을 나서며 구두도 제대로 신지 못하고 자꾸 바닥을 헛디뎠다.

"문이 열려 있던데……."

"그러면 아무 데나 들어가도 되는 거야?"

"미……미안해."

콩은 도망치듯 부엌 쪽으로 달아났다. 혹시? 책상을 뒤져보았지만 특별히 없어진 것은 없었다.

2학기 중간고사가 얼마 남지 않은 날이었다. 초저녁부터 스탠드 등을 켜고 책상에 앉아 있었다. 공부하는 걸 좋아하진 않았지만, 시험 기간에 대한 예의였다. 책은 안 보고 의자에 등을 기댄 채 멍하니 천장만 보고 있을 때였다.

다다닥!

수돗가를 지나 부엌으로 뛰어드는 다급한 발소리가 들렸다.

덜컹!

방문이 열리더니 콩이 방 안으로 뛰어들어 왔다. 너무 놀라서 의자가 뒤로 넘어갈 뻔했다.

"왜에?"

막을 틈도 없이 콩은 문을 닫고 섰다.

"뭐야? 나가, 나가라고."

콩은 말없이 구두를 들고 있는 손을 부들부들 떨었다. 두려움에 눈은 초점을 잃고 흔들렸다.

콩은 책상과 미닫이문 사이에 있는 좁은 공간으로 몸을 구겨 넣더니, 책상 아래 그림자 속으로 자꾸 스며들었다. 작아질 대로 작아진 콩은 무릎을 세워 고개를 묻고 허리를 둥그렇게 말았다. 콩이 내뱉는 위태로운 숨소리에 눌려 나는 아무 말도 하지 못했다.

괜히 수학 문제라도 풀어 보려고 문제집을 펼쳤지만, 숫자가 눈에 들어오지 않았다. 자꾸 썼다 지웠다만 반복했다. 끄득끄득 지우개질만 하다가 애꿎은 종이만 찢고 말았다.

30분 정도 어색한 시간이 흘러 공기가 차분히 바닥에 가라앉았다. '드르륵' 진동 소리와 함께 어둠 속에 빛이 번쩍였다. 콩의 휴대전화였다. 콩은 문자를 확인하고는 구겨졌던 몸을 폈다. 콩이 천천히 몸을 일으켰다. 문밖으로 나갈 줄 알았더니, 몸을 돌려 내 옆으로 다가왔다. 그사이 조금 여유를 찾은 얼굴이었다. 콩은 몸을 더 바짝 붙여 오더니 책상 위 문제집을 살펴보았다. 긴 머리가 가까이서 흔들렸다. 코끝으로 향긋한 커피 냄새가 밀려 들어왔다. 티 나지 않게 냄새를 삼켰다. 콩이 책상

잃으고 ⅢⅢ 고개를 숙이며 본펜을 잡아 들었다. 콩이 머리카락이 얼굴을 스치는 바람에 의자를 뒤로 빼고 조금 물러났다. 콩은 생각에 빠진 채 미간을 살짝 찡그렸다. 내가 풀려다 못 푼 수학 문제를 이내 빈 노트에 풀어내기 시작했다. 콩은 별 막힘 없이 숫자와 기호 들을 적어 내려갔다. 정답을 찾았는지 툭 마침표를 찍고 볼펜을 던지듯 내려놓았다. 그리고 날 당당히 쳐다보았다.

"뭐야? 답도 틀렸구만."

힐끔 정답지의 답을 확인하고 말했다. 콩의 눈이 동그래졌다. 뭔가 말하려는 순간 '드륵' 다시 콩에게 문자가 왔다. 콩은 급히 커피숍으로 뛰어갔다. 나는 콩이 써내려 간 숫자들을 보며 괜히 뒷머리를 박박 긁어 댔다.

다음 날, 슈퍼에 들어서는데 옆집 커피숍 주인아줌마가 엄마와 함께 얘기 중이었다. 얼마나 재밌는지 둘은 내가 들어오는지도 모르고 이야기에 빠져 있었다. 소곤거린다고 한껏 목소리를 낮췄지만, 방으로 향하는 동안 다 들렸다.

"남자가 콩을 찾아왔어. 뻔하지 뭐. 국제결혼하고 도망쳐 다니는 그런 아가씨들 있잖아."

콩에 관한 이야기였다.

"돈도 훔친 모양이야."

조심하라는 아줌마의 목소리가 귓속을 파고들었다.

"잘 알지도 못하면서 그런 소리 하지 마."

엄마가 말했다.

"그 남자가 그랬다니까. 자기 돈을 가져갔다고."

아줌마의 목소리가 더 커졌다. 방에 들어서려는데 운동화가 잘 벗겨지지 않았다. 발을 세차게 털어 내야 했다. 겨우 벗겨진 운동화는 상품 진열장 밑으로 떼구르르 굴러 들어가 버렸다.

밤 9시가 넘은 시간, '콩 부인?', '콩 아줌마?' 앞으로 콩을 어떻게 불러야 하나 괜한 고민을 하고 있었다. 앞으로 안 보고, 안 부르면 되는데 뭔가 서운한 마음이 가시질 않았다. 그때 휴대전화가 '띠링' 울렸다. 반갑지 않은 치국의 문자다. '두 개' 두 글자만 또렷이 적혀 있다. 입에서 거친 말이 쏟아졌지만, 몸은 저절로 일어나 문밖으로 향했다.

가게 계산대에는 엄마 대신 콩이 앉아 있었다.

"커피숍은 일찍 문 닫았다. 아줌마는 화장실 갔어."

콩이 내 눈빛을 읽고 먼저 대답했다. 나는 담배 진열대로 다가가 담배 두 갑을 집어 들었다. 그때 콩이 내 옆구리 옷을 당기며 고개를 저었다.

"뭔 상관인데? 우리 가게거든."

괜히 또 화풀이를 콩에게 쏟아냈다. 부엌 쪽에서 엄마가 오는 소리가 들렸다. 얼른 담배를 양쪽 주머니에 넣었다.

"왜 무슨 일이야?"

엄마가 물었다. 나는 휙 돌아서서 가게를 나섰다. 아무것도 아니라는 콩의 말이 뒤따라왔다.

골목 안쪽에 웅크려 앉은 검은 형상이 보였다. 어둠 속에서 빨간 담뱃불이 위아래로 움직일 뿐이었다.

"빨, 리, 다, 녀, 라."

뚝뚝 끊어지는 치국의 목소리에 날카롭게 날이 서 있었다. 다가가면 베일 것 같아서 중간에 멈춰 섰다.

"밤늦게 두 개씩이나 들고 나오면 엄마한테 들킨다고."

투덜거리듯 말하고 아차 싶었다. 담뱃불 끝에 달려 있던 빨간 불씨가 툭 소리와 함께 내 얼굴로 튀었다. 앗! 손으로 얼굴을 가렸다. 불씨 대신 무거운 주먹이 배로 날아왔다. 픽! 허리가 저절로 굽어졌다.

"수호?"

그때 누군가 골목 안으로 들어왔다.

"수호야, 여기서 뭐 하고 있어?"

콩의 목소리였다. 콩은 망설임 없이 바로 앞까지 다가왔다. 콩은 내 앞을 막아서고 치국과 맞섰다. 치국은 뒤로 주춤 물러 섰다가 콩이란 걸 알곤 코웃음을 쳤다.

"베트콩이 쳐들어 왔…… 아얏!"

치국은 말을 끝내기도 전에 다리를 움켜쥐고 펄쩍 뛰었다. 콩이 구둣발 앞코로 치국의 무릎 아래를 걷어찬 것이다.

"이씨."

치국이 거칠게 콩을 떠밀었다. 콩은 담벼락에 강하게 부딪 쳤다.

"내가 여자라고 봐줄 것 같아?"

치국은 콩의 멱살을 잡고 손을 높이 들어 올리더니 망설임 없이 휘둘렀다.

짜악!

콩의 얼굴이 옆으로 젖혀졌다. 나는 놀라서 벽에 딱 붙어 섰 다. 콩은 흐트러진 머리를 뒤로 넘기고 다시 치국을 노려보았 다. 치국이 또 손을 들어 올렸다.

아악!

이번엔 치국이 손을 털어대며 외마디 비명을 질렀다. 멱살 잡고 있던 손을 물린 것이다. 치국이 콩을 향해 달려들며 발길질을 하려고 했다. 나는 무르게 재빠르기 손을 뻗어 치구의 허리를 껴안았다. 발버둥치는 치국을 끌어안고, 골목 깊숙이 안쪽으로 들어갔다. 치국이 거친 말을 쏟아내며 몸부림쳤다. 팔에 힘을 주자 치국의 동작이 점점 느려졌다.

"내가 참는다. 이거 놔! 얼른."

빨개진 얼굴로 치국이 겁주듯 소리쳤지만, 나는 팔에 힘을 빼지 않고 말했다.

"참아. 쟤, 남편 있어. 깡패라더라."

치국의 귀에 대고 속삭였다.

"나한테 장난쳐?"

"진짜야. 우리 엄마한테 물어봐. 얼마 전에도 찾아왔는데. 너 잘못 걸리면 큰일난다. 쟤가 왜 저렇게 당당할 것 같아?"

순간 얌전해진 치국의 몸을 풀어 줬다. 치국이 헛기침을 했다. 나는 담배를 치국의 주머니에 넣어 주고 콩을 데리고 골목길을 빠져나왔다. 콩은 맞은 뺨을 손으로 비벼 댔다.

"그니까 왜……."

참견이난 말은 하지 못했다. 누군가 내 앞에 서 준 건 정말 오랜만이다. 어릴 적에 싸움이 벌어지면 누나가 달려와 줬었는데. 누나가 생각났다.

가게로 들어가려는데 콩이 혼자 바닷가 쪽으로 내려갔다. 아직 치국이 있을 텐데. 혼자 두면 안 될 것 같았다. 콩을 쫓아 바닷가 계단으로 갔다. 콩 뒤로 서너 칸 정도 떨어진 계단에 앉았다. 아무 말도 오가지 않았다. 딱히 할 말도 없었다.

가로등 불빛에 콩의 옆얼굴이 보였다. 바다를 향해 커다란 눈만 껌벅이고 있었다. 두껍고 기다란 속눈썹 위로 가로등 불빛이 내려앉았다.

"밤이라 바다도 안 보이네. 난 그만 갈래."

나는 바로 집으로 들어오지 못했다. 멀리 떨어진 곳에 있다가 커피숍으로 들어가는 콩을 보고 집으로 돌아왔다.

첫날 시험은 잘 넘어갔다. 아는 문제가 제법 있어서 기분이 괜찮았다. 슈퍼에서 물건 계산하느라 바쁜 엄마와는 눈빛만 나누었다. 기분 좋게 방에 들어가 스탠드 등을 켰다. 책상에 가방을 올려놓고 의자에 앉았다. 양말을 벗어 공처럼 돌돌 말아 벽에 튕겨 내었다. 손에 맞고 떨어진 양말을 주우려고 책상 밑으로 고개를 숙였다.

"으악!"

기절할 뻔했다. 다리가 있었다. 콩이 문 뒤쪽에 누워 책상 밑으로 다리를 뻗고 잠든 것이다. 하아! 기가 막혀서 말이 나오지 앉았다. 이젠 남이 방에 들어와 세상모르고 잠까지 잔다. 바로 툭 종아리를 건드렸다. 눈을 뜬 콩이 어리둥절한 표정으로 주위를 살폈다. 곧 상황을 깨닫고 벌떡 일어났다.

"아, 미안. 잠깐만 잔다는 게⋯⋯."

콩은 손바닥으로 입술을 닦고, 얼굴을 매만졌다. 콩의 머리맡에 책들이 있었다. 베개로 쓴 모양이었다.

"남의 물건 맘대로 만지는 게 버릇이야? 그러다 훔쳐서 도망가고⋯⋯."

무슨 말이냐는 듯 쳐다보던 콩의 눈이 금방 촉촉해졌다. 콩은 말없이 일어나더니 고개를 숙이고 방을 나섰다. 쾅! 나는 문을 거칠게 닫아 버렸다.

"콩이 없어졌어!"

다음 날 저녁, 학교에서 돌아오니 엄마가 걱정스럽게 말했다. 그 남자가 또 콩을 찾아온 모양이었다. 전화기도 못 챙겨서 도망치듯 빠져나가서는 지금껏 소식이 없다고 했다. 나는 아무렇지 않게 방에 들어와 책상 앞에 앉았다. 혹시나 하며 몇 번이나 다시 책상 밑을 살펴보았다. 어젯밤 콩에게 했던 말이 떠올랐다. 이번엔 어디 숨은 거야? 잡혀갔나? 남편에게 끌려갔을지도 모른다고 생각하니 갑자기 마음이 급해졌다. 신발을 구겨 신고 가게를 뛰쳐나왔다. 가까운 피시방에도 가 보고, 다른 커피숍에도 가 보았다. 혹시나 바닷가 계단에도 가 보았지만, 아무 데도 보이지 않았다. 바닷가에는 이제 차가운 바람이 불어오고 있었다. 바닷가를 한 바퀴 돌아 다시 계단에 앉았다. 정신없이 콩을 찾아다니고 있는 내 모습에 괜한 헛웃음이 나왔다.

띠링.

그때 문자가 왔다. 혹시 콩이 문자를 보낸 건가 싶었지만, 아니었다. 그러고 보니 콩은 내 전화번호도 몰랐다.

'빨리 와.'

치국한테 온 문자였다. 개새끼! 욕이 저절로 나왔다. 무시하고 휴대전화를 주머니 속에 넣었다. 조금 있다가 또 문자가 왔다.

'죽여 버리기 전에 빨리 와라.'

이상하게 무섭다는 생각보다 화가 났다. 그래 죽여 봐라! 계단을 뛰어올랐다. 골목으로 향했다. 골목 앞에 치국이 불안한 표정으로 서 있었다. 그런데 나를 보더니 반가운 표정을 지었다.

"남편이 또 찾아왔다면서? 그때 내가 때린 거 실수였어. 너도 알지? 얘기 좀 잘 전해 줘."

치규은 손기라 끝스로 끌머 신을 기기켰다.

골목 안쪽 나무상자 뒤에 있는 소파에 콩이 앉아 있었다. 콩의 얼굴을 보는 순간 불씨에 데인 것처럼 가슴 한쪽이 따끔거렸다.

"갈 데가 없었어. 여기 아늑하고 하늘도 예쁘다."

콩이 나를 보고 웃었다.

"에이씨, 지금 웃음이 나와요?"

걱정했다는 말을 하려다 괜히 벽을 발로 찼다. 아파서 코끝이 찡했다.

"나, 걱정한 거야?"

"그……그게 주인아줌마랑 엄마가……. 벽이 얼마나 아픈데."

무슨 말을 하는지도 모르게 주절댔다.

"맨날 숨지만 말고 차라리 멀리 도망가던가."

"그러게."

콩은 표정이 없어지더니 소파에 기대어 하늘을 바라봤다. 한동안 그대로 하늘에서 눈을 떼지 못하고 있었다. 나는 말없이 벽에 기댔다. 툭툭. 운동화로 파낸 땅이 제법 깊어 갈 때쯤 콩이 자리에서 일어났다.

다음 날, 콩은 아무 일도 없던 것처럼 가게에 나타났다. 시장에 다녀왔는지 양손에 든 봉투 밖으로 채소 같은 것이 삐져나와 있었다.

"오늘 저녁은 제가 해 드릴게요."

콩이 종이봉투를 들어 올리며 환하게 웃었다.

콩은 우리 집 부엌을 차지했다. 베트남 요리를 생각하니 쌀국수가 제일 먼저 떠올랐다. 무슨 맛일까? 또 어떤 음식을 만들지 은근히 기대가 되었다. 부엌에서 뚝딱거리는 분주한 소리가 한참 들려왔다. 구수하고 달짝지근한 냄새가 내 방으로 밀려 들어왔다. 티를 내면 안 되는데 배 속이 시끄럽게 계속 울어 댔다.

저녁상이 차려졌다. 하지만 기대를 하고 달려간 상차림은 실망이었다. 한가운데 갈비찜이 놓여 있고, 계란말이와 참치김치볶음, 몇몇 금방 버무린 푸르른 연록의 무침들만 보였다. 흰쌀밥 옆에는 기대한 쌀국수가 아니라 소고기미역국이 놓여 있었다.

"뭐야, 다 먹어 본 거잖아?"

퉁퉁거리는 내게 엄마가 눈을 찡그렸다.

그래도 음식은 맛있었다. 엄마만큼은 아니었지만 제법 먹을 말했다.

"한국 사람 다 됐네."

엄마는 밥을 먹으며 계속 웃었다. 콩도 즐거워 보였다.

"아줌마 밥 먹으면 엄마가 떠올랐어요. 감사합니다."

콩이 예의를 차리며 깊이 고개를 숙였다. 그럼 매일 같이 먹
자며 엄마가 웃었지만, 콩의 얼굴엔 왠지 그늘이 보였다. 나와
눈이 마주친 콩은 다시 머리를 숙이고 인사를 했다. 얼떨결에
나도 머리를 숙였다.

그날 밤, 쉽게 잠이 오지 않아 뒤척이다가 얼핏 잠이 들 때쯤
이었다. 급한 발걸음 소리가 들리고 부엌문이 열렸다.

끼이익.

방문 틈으로 작은 발 하나가 나타났다. 발목과 발로 이어지
는 부드러운 곡선에 맨발임을 알 수 있었다. 졸음이 싹 달아났
다. 침입자는 방문을 닫고 구석에 몸을 웅크렸다. 콩이었다. 아
무것도 보이지 않는 어둠 속에서도 떨림이 전해졌다.

"어디로 갔지?"

이내 창 너머 수돗가에서 남자들의 굵은 목소리가 들려왔다.
콩은 뚫고 들어갈 듯 바닥에 납작 엎드렸다. 쿵쿵. 수돗가랑 연

결된 부엌문을 남자들이 두드려 댔다. 누구요? 시끄러운 소리에 가게에 있던 엄마가 부엌으로 달려왔다. 콩은 어쩔 줄 모르며 두리번거리다 나와 눈이 마주쳤다. 콩의 눈빛에서 다급함이 그대로 느껴졌다.

"사람을 찾아요. 여기로 들어온 같은데."

남자가 금방이라도 방문을 열 것 같았다. 나는 덮고 있던 이불을 활짝 젖혔다. 콩을 향해 고개를 끄덕였다. 이불 속에 숨으라는 말을 이해했는지 콩은 머뭇거리며 고개를 저었다. 쾅쾅. 남자가 내 방문을 두드렸다. 놀란 콩이 방바닥을 미끄러지듯 기어와 이불 속 내 등 뒤로 숨었다.

덜커덩.

방문이 열리고 낯선 남자 어른이 방 안을 둘러보았다. 볼이 움푹 들어간 마르고 신경질적인 모습이었다.

"누……누구세요?"

나는 이불을 살짝 들추고, 상체를 조금 일으켰다.

"남의 방을 맘대로 열고 그래요?"

엄마가 아저씨 앞을 막아섰다. 아저씨는 포기하지 않고 책상 밑이며, 옷걸이 뒤쪽까지 재빠르게 둘러보더니 이불에 시선을 멈추었다. 아저씨가 눈을 찡그렸다. 이불 속을 투시라도 하듯 눈빛이 신기하게 빛났다. 콩은 내 등 뒤로 꽉 밀더붙었다. 아저씨는 다시 한 번 방을 훑어보더니 가게로 가 버렸다. 엄마는 아저씨들을 따라가며 특유의 강강한 목소리로 불만을 쏟아냈다. 밖에서 남자들이 부엌이랑 가게 안을 아직도 서성이는 발소리가 들렸다.

다시 이불을 덮고 누웠다. 등 뒤로 떨고 있는 몸이 그대로 느껴졌다. 내 등에 맞대고 있는 딱딱한 이마, 손바닥은 축축했고 내 다리에 닿은 웅크린 맨발에서 따뜻한 체온이 느껴졌다. 남자들의 목소리와 구둣발 소리가 조금씩 멀어졌다. 가게 안이 조용해지자 콩은 꼭 붙어 있던 몸을 슬그머니 떼었다. 콩이 이불 밖으로 나가려 했다. 나는 이불을 꽉 잡고 힘을 줬다. 아직 움직일 때가 아니란 걸 콩도 알고 있는 듯 곧 잠잠해졌다. 나는 새우잠을 자듯 옆으로 누웠고 내 등 뒤로 콩의 숨결이 느껴졌다. 왜 그런지 이대로 더 있고 싶다는 생각이 들었다.

"남……편이에요?"

저절로 존댓말이 나왔다.

"……."

콩은 몸을 뒤척여 조금 뒤로 물러났다. 그리고 엉뚱한 말을 했다.

"아줌마랑 밥 먹는 거 좋다. 우리 엄마 밥 같아. 여기가 좋아서 다른 곳으로 가고 싶어도 그러지 못했다."

콩이 내 등에 이마를 대고 속삭였다. 다른 곳으로 도망가라는 말은 진심이 아니었다고 말하고 싶었는데 침만 삼켜 넣었다.

"엄마랑 나, 그리고 우리 누나. 매일 우리 세 식구가 밥을 먹었어요. 어느 날……, 누나가 사고로 죽었어요. 밥상에 둘만 남았죠. 사람의 빈자리는 밥 먹을 때 제일 잘 드러나나 봐요. 엄마는 나랑 둘만 있으면 아직도 밥을 잘 못 먹어요. 누나 생각이 나는 것 같아요. 언제부턴가 다른 사람들이 우리 밥상에 앉더라고요. 시끌벅적한 상이라야 엄마도 밥을 먹을 수 있었나 봐요."

콩이 이불 밖으로 손을 내밀어 내 뒤통수를 천천히 쓰다듬어 주었다. 그렇게 한동안 침묵이 이어졌다. 흐흡! 콩이 목을 가다듬고 말을 꺼냈다.

"나, 이름이 두 개야. 한국 이름은 김민주. 아빠가 지어 주셨어."

몸이 먼저 움찔했다.

"아빠요?"

"아빠가 베트남에 개인 때 네끼 메치있시. 일급 일 세까지 함께 살다가 아빠가 귀국하고 연락이 안 되었다."

"그래서 한국말을 잘하는구나."

"엄마가 한국말 계속 배우라고 했어. 아빠가 좋아하던 갈비찜 만드는 것도 알려 줬고. 아빠를 만나면 정성껏 상을 차려 주고 싶었어. 엄마는 죽기 직전까지 아빠를 믿고 기다리다 작년에 돌아가셨다."

콩은 엄마 얘기를 한 뒤 한동안 말을 잊지 못했다.

"엄마 소식을 전하자 아빠가 먼저 연락해 왔다. 한국에 오면 공부시켜 준다고 말했어. 나 정말 한국에서 공부하고 싶었다."

콩이 방에 들어왔을 때 꺼내져 있던 책과 문제집 들이 떠올랐다.

"그럼 혹시 가끔 내 방에 드나든 이유가?"

"여기 학생들은 어떤 공부 하는지 궁금했어. 미안하다."

"말하지."

"그런데 아빠는 다른 생각이 있었다. 엄마에게 줬다는 돈 얘기를 자꾸 꺼냈어. 나중에 가족의 인연을 끊으려고 줬던 돈이 있다는 걸 알았다. 그게 필요해서 나를 다시 찾았던 것 같다."

콩의 목소리는 금방이라도 증발할 것처럼 아슬아슬했다.

"나중엔 훔쳐간 돈 내놓으라고 매일 때렸어. 그래서 여기까지 왔다."

긴 한숨이 등을 타고 바닥에 내려앉았다. 뜨거운 숨결에 살짝 내 몸이 움츠러들었다.

"너도 매일 맞는다. 왜? 너는 키도 더 큰데."

"그게…… 싸움은 덩치랑 상관없더라고요. 근데 이번에 치국이를 말리다가 내가 힘도 많이 세진 걸 알았어요. 다음엔 맞고만 있진 않을 거예요."

뒷머리에 콩의 손길이 느껴졌다. 콩이 천천히 내 머리를 쓰다듬어 주었다. 부드러운 손길에 눈이 저절로 감겼다. 이대로 계속 있었으면 했는데 콩이 이불을 들치고 일어났다. 몸을 뒤척여 콩을 바라봤다.

쿠쾅!

밖에서 문 닫히는 소리가 들렸다. 콩이 놀라 다시 이불 속으로 뛰어들어 왔다. 얼떨결에 콩이 내게 안겼다. 내 턱밑에 쏙 들어온 콩의 머리에서 커피 냄새가 났다. 콩은 숨을 죽이고 몸을 동그랗게 움츠렸다. 이번엔 내가 콩의 머리카락을 조심스럽게 쓸어 넘겨 주었다. 머리카락 속에 숨어 있던 동그란 귀가 드러났다. 손날 끝에 콩의 귀가 닿았다. 콩이 놀라 몸을 움츠렸다.

닿으 듣 만 듣 손가락 끌으ㅁ 귀바퀴에서 귓볼로 미끄러기듯 천천히 쓸어내렸다.

시간은 멈추고 세상에는 콩과 나 둘만 있는 것 같았다. 콩의 숨소리가 규칙적으로 들려왔다. 거기에 맞춰 숨을 내쉬었다. 오랫동안 꼼짝도 못하고 그러고 있었다. 긴장감 속에서도 자꾸만 눈이 내려앉았다. 눈을 치켜떴지만 소용없었다.

콩이 이불 밖으로 나가는 게 느껴졌다. 가지 말라고 말하고 싶었는데 이미 잠에 빠져들고 있었다.

'우리 셋이 매일 저녁 함께 먹어요.'

얘길 하고 싶은데 입이 떨어지지 않았다. 눈은 자꾸 감기고 입은 더 단단히 굳어만 갔다. 콩의 모습이 점점 흐려졌다.

콩이 보이지 않았다. 학교에 갔다 오며 커피숍을 들여다봤지만 없었다. 바다에도 골목 안에도 콩은 보이지 않았다. 그래도 여느 날처럼 저녁때가 되면 나타날 거였다.

저녁상은 오랜만에 삼겹살 구이였다. 상추쌈에 된장찌개, 돌솥 위로 부풀어 오른 노릇노릇 계란찜과 바삭한 김도 있고, 파릇한 풋고추도 먹음직스러웠다. 상을 앞에 두고 엄마와 나는 콩이 드나드는 부엌문 쪽만 계속 바라보았다. 높이 솟아 있던 계란찜이 힘없이 자꾸만 푹푹 꺼졌다.

콩은 빈 콩 껍질처럼 빈자리를 남기고 떠나 버렸다.

자꾸 말을 겁니다. 일찍 일어났어? 점심은 먹었냐? 그 드라마에 누가 멋있더라. 이 노래 들어볼래? 거기 함께 갈래? 일상처럼 당신의 고백은 매일매일 계속됩니다. 단지 그 사람이 모르고(때론 모른 척하고) 있을 뿐이지요.

꼬박 대답합니다. 늦잠 잤다. 오늘 점심은 엉터리였어. 난 주인공보다 누가 더 좋던데. 노래 진짜 좋다. 어, 나도 거기 가고 싶었는데. 그 사람은 일상의 대화처럼 계속 대답합니다. 사실 나도 네가 좋다는 말이지만 그걸 당신이 모르고(때론 의심하고) 있을 뿐입니다.

좋아하던 사람과 동네 골목길을 몇 바퀴 계속 돌았던 기억이 납니다. 고백하려고 마음먹은 날이었죠. 입만 열면 좋아한다는 말이 쏟아질 것 같았는데 입이 붙어서 도통 떨어지질 않았습니다.

그 사람도 그걸 알고 있었던 것 같습니다. 주절주절 의미 없는 말을 주고받으면서도 아무 불평 없이 새벽까지 함께 골목을 돌고, 차가운 돌계단에 나란히 앉아 주었으니까요. 지금 생각하면 이미 서로가 마음을 다 알고 있었던 것 같습니다. 그저 직접 날 좋아한다는 말을 듣고 확인하고 싶었던 것이죠.

　지금 그 사람이 당신에게 일상처럼 고백을 하고 있을지도 모릅니다. 눈을 크게, 귀를 열고 고백을 들어주세요.

김태호

문부일

제주에서 태어나 『문화일보』 신춘문예에 동화, 『전북일보』 신춘문예에 소설이 당선되었다. 대산창작기금, MBC창작동화대상을 받았고 『찢어, Jean』, 『우리는 고시촌에 산다』, 『불량과 모범 사이』, 『WELCOME, 나의 불량파출소』, 『사투리 회화의 달인』, 『굿바이 내비』, 『안녕콜』, 함께 쓴 책 『턴』을 출간했다.

웰컴,
그 빌라 403호

저녁 식사가 끝났다. 엄마 아빠는 이사가 한 달이나 남았는데도 짐 정리를 서둘렀다.

"아까워서 못 버리겠어."

아빠는 옷장을 대대손손 내려오는 가보처럼 조심스럽게 만졌다.

옷장에서 삐거덕 소리가 들렸다. 엄마도 10년은 더 쓸 수 있다며 꼭 가져가자고 맞장구쳤다. 천생연분인 엄마 아빠 눈에는 어릴 때 내가 옷장에 한 낙서가 피카소의 추상화로 보이나 보다. 나한테 물려주겠다고 하지 않아서 다행이었다.

짐을 챙기는 부모님을 보니 이사를 간다는 실감이 났고 집이 낯설었다.

방 두 개와 좁은 부엌이 있는 13평 남짓한 행복빌라 403호. 빌라 외벽에 붙어 있는 '행복빌라'의 '행' 자에서 모음 'ㅣ'가 태

동네 난이끼 '힝ㅂ빌ㄹ'고 이f이 ㅂ끼썼디. 이ㄴ덧 이 집에서 5년을 살았다.

이사 올 때부터 방문에 붙어 있던 'victory'라고 적힌 앙증맞은 돼지 캐릭터 스티커가 눈에 들어왔다. 단어의 뜻이 좋고, 내가 돼지띠라서 떼지 않았는데 어느새 누렇게 변했다. 그동안 나는 초등학교를 졸업하고 고등학생이 되었다.

"이 집이 팔려야 이사 갈 아파트 전세 잔금을 낼 수 있는데, 찾아오는 사람이 없어! 안 팔리면 이사를 못 가!"

겨울옷을 정리하던 엄마가 한숨을 내쉬었다.

동네에 있는 모든 부동산에 집을 내놓았고 그사이 스무 번넘게 집을 보러 오는 사람이 있었다. 하지만 다들 1분 만에 나갔다. 어떤 아줌마는 30초 만에 집의 문제점을 점쟁이처럼 조목조목 말했다. 부동산 아저씨도 말하길, 욕실을 고치고 옥상 방수 공사를 하려면 최소 천만 원 정도 든단다. 그렇게 수리해도 집이 너무 낡아서 훗날 다시는 못 팔 수도 있다며 혀를 찼다. 그래서 엄마는 지난주에 도배를 새로 하고 계단 벽에 페인트도 칠해서 좋은 집처럼 꾸몄다. 집값도 칠천만 원으로 내렸지만 아무도 오지 않았다.

휴대전화가 울렸다. 엄마가 장갑을 벗고 통화를 했다.

"스마일부동산에서 지금 집 보러 온대. 빨리 정리해라!"

엄마 말이 끝나기도 전에 아빠는 구석구석 방향제를 뿌렸다.

"밤 아홉 시에 집을 보러 와? 진짜 예의가 없네. 아들이 행운고에 다닌다고 절대로 말하지 마. 개인정보 유출 금지!"

교복을 옷장에 숨겨 놓고 도망치듯 밖으로 나갔다.

집 보러 온 사람들은 사건 현장 조사하는 경찰처럼 집 안을 둘러봐서 같이 있으면 불편하다. 곰팡이가 폈는지 살펴보다가 옷장 바닥에 숨겨 놓은 야한 동영상이 담긴 유에스비를 주워서 엄마한테 준 적도 있다. 중학교 동창 여자아이가 엄마랑 왔다가 베란다 건조대에 널어놓은, 늘어난 내 팬티를 본 적도 있다. 그 뒤로 부동산에서 온다고 하면 무조건 피한다.

빌라 옆 놀이터에서 휴대전화로 음악을 들었다. 후텁지근한 낮의 열기가 식어 서늘했다.

문자가 왔다. 선배가 응원 율동 연습하고 있는지 물었다.

고등학교 입학 후 첫 중간고사를 준비하느라 며칠 동안 네 시간만 잤다. 시험이 끝나고 푹 쉬고 싶었다. 하지만 키가 크다는 이유로 일주일 뒤 열리는 체육대회에 응원단으로 뽑혔고 방과 후 연습을 빙자한 훈련을 받고 있다.

나에게 박치라고 윽박지르던 응원단장 형의 매서운 눈빛이 떠오르기 동영상을 보며 발을 맞춰 보았다. 아직도 박동작이 맞지 않았다. 시험 준비보다 응원 연습이 훨씬 어려웠다.

잠시 쉬고 있는데, 부동산 아줌마가 어떤 할머니, 아저씨와 함께 빌라로 들어갔다.

다시 율동을 연습했다. 노래 세 곡이 끝났지만 부동산 아줌마가 밖으로 나오지 않았다. 이런 경우는 처음이었다.

조금 더 지나서 사람들이 나오자 부리나케 집으로 뛰어갔다.

"한루오! 집 팔릴 것 같아! 내일 오후에 다시 와서 한 번 더 보고 결정하겠대."

엄마가 소리를 질렀다. 내가 중간고사에서 전교 1등을 해도 엄마는 이렇게 크게 소리치지 않을 것이다.

"팔리면 다행인데 괜히 미안하네. 할머니가 눈이 안 좋아서 집 볼 줄 모르나 봐."

엄마는 돌아서며 중얼거렸다.

손자와 반지하에 사는 할머니는 우리 집에 창문이 많아서 바람이 잘 통하고 햇볕이 잘 든다며 좋다고 했단다. 이 집을 사면 이사를 다니지 않아도 돼 더 이득이라서 은행에 대출까지 받아서 살 모양이다.

할머니의 마음을 충분히 헤아릴 수 있었다. 403호로 이사 오기 전 우리 가족도 장마철마다 비가 들이치고, 겨울에는 곰팡이가 피는 반지하에 살았으니까.

"집 문제를 다 말했고 수리 비용으로 삼백만 원을 깎아 주기로 했어. 손자가 행운고 1학년인데 공부를 잘한다고 하더라. 이름이 승리라던가?"

아빠가 기억을 더듬었다.

"나승리? 잘됐네! 그놈은 안 좋은 집을 사서 평생 고생해야 돼. 삼백만 원도 절대로 깎아 주지 마."

그놈의 얼굴이 떠올랐다. 머리가 뜨거워지고 심장이 빠르게 뛰었다.

냉장고에서 물을 꺼내 단숨에 마셨지만 열이 가라앉지 않았다. 지난해에 얼핏 듣기로는 부모님이 의사, 교수라고 했던 것 같은데 왜 이런 집으로 이사를 오려는 걸까? 심지어 반지하에 살고 있다고?

행복빌라 403호에 살다 보니 안타깝게도 집 보는 안목을 가진 청소년이 되었다.

옥상 아랫집은 무조건 피해야 한다. 한여름에는 뜨거운 햇볕을 받아 불판처럼 달궈진 옥상의 열이 아래로 내려와 오후가 되면 찜질방처럼 변한다. 보일러가 자동으로 작동하는 줄 알았

미. 늘집께도 메미긴 없이 건졌다. 그그 ㅣ 기긴요 키킨히고
싶다. 겨울에도 살기 힘든 것은 마찬가지였다. 옥상이 늘 얼어
있어서 냉기가 집으로 들어왔고, 천장에 곰팡이가 많이 피었
다. 뿐만 아니라 욕실 벽에 얇게 얼음이 얼어서 샤워할 때 시베
리아 벌판에 서 있는 기분이었다. 냉동실보다 더 추운 곳이 바
로 우리 집 욕실이다. 영하 12도 이하로 떨어지면 수도관이 얼
어서 세수도 못 하고 학교에 간 적도 있다.

이 집에서는 비도 두려운 존재였다. 장마철에 폭우가 쏟아지
면 옥상과 벽으로 스며든 물이 부엌 바닥까지 들어와 미끄러진
적도 있다. 비용이 많이 들어 방수 공사를 미루다 보니 떠날 때
가 되었다.

우리 가족은 여름과 겨울을 '고난의 행군 시기'라고 불렀다.
군 생활도 이보다 편하다고 아빠가 우스갯소리를 했다. 부모님
은 이 집을 괜찮은 집이라고 속여서 판 예전 주인을 사기죄로
고소하려다 참았다.

친구들이 놀러 오고 싶다고 해도 이런저런 핑계를 대며 절
대로 부르지 않았다. 친구들이 사는 넓은 아파트에 비하면 우
리 집은 쓰러져 가는 창고나 마찬가지였다.

이런 집을 나승리네가 샀다. 미안한 마음은 사라지고 콧노래

가 나왔다. 제대로 복수한 셈이다.

교실에 들어갔다. 나승리를 지켜보았다. 체육대회 준비로 들뜬 분위기에서도 녀석은 책상에 문제집을 펼쳐 놓고 공부를 하고 있었다. 저렇게 성적에 집착하는 놈이라서 지난해 그런 짓을 저질렀던 것이다. 그때가 생각나 숨이 거칠어졌다. 녀석의 얼굴을 후려치고, 검은색 뿔테 안경을 부러트리고 싶다.

지난해, 1학기 중간고사를 보기 전 어느 날이었다.

수업이 끝나 청소를 하러 영어 회화실로 가서 문을 열었다. 그 순간 모자를 푹 눌러쓴 녀석이 밖으로 뛰어나왔다. 너무 갑작스러워 얼굴을 확실하게 보지 못했지만 나승리 같았다. 대수롭지 않게 생각하며 교실로 들어가 창문을 열었다. 이어서 다른 녀석들이 들어와 빗자루로 바닥을 쓸었다.

물걸레를 가지러 화장실에 다녀와 보니 영어 선생님이 책상 서랍을 정리하고 있었다.

"청소하러 누가 가장 먼저 왔어?"

선생님이 눈을 부릅뜨며 소리를 질렀다. 심상치 않았다. 아이들이 나를 바라보았다.

손을 들었더니 선생님은 나만 남고 모두 돌아가라고 말했다. 아이들이 빗기류를 바다에 내려놓고 교실을 나가며 문을 닫았다.

"자물쇠로 잠글 수 있는 서랍에 중간고사 시험지를 넣어 두었는데, 급한 전화가 와서 잠깐 교무실에 간 사이에 사라졌어! 지금 내놓으면 조용히 덮을 거야! 빨리 꺼내라!"

영어가 가까이 다가왔다.

"저, 저는 절대로 안 가져갔어요. 진짜예요."

"견물생심이니까 다 이해해! 성적이 좋지 않아 욕심낼 수 있어. 하지만 이 사실을 학교에 알리면 넌 징계 받을 테고, 가정 형편이 안 좋아서 받는 여러 가지 지원도 끊길 거야. 엄마가 편찮으시고, 아버지는 막노동하신다며?"

영어는 장학금 담당 교사라서 우리 집 형편을 잘 알고 있었다. 나는 3월에 동문회 장학금을 받았다.

"진짜로 전 아니에요."

"넌 영원히 아웃이야! 그냥 덮을 테니 쭉 그렇게 살아라! 쓰레기 같은 새끼."

영어가 뺨을 세게 때렸다.

예상치 못한 상황에 몸이 휘청거려서 쓰러질 뻔했지만 다행히 중심을 잡았다. 눈가가 뜨거웠지만 울지 않으려고 눈에 힘을 쳤다.

"절대 안 가져갔어요! 제가 가져간 증거 있어요?"

"닥쳐! 어차피 그 시험지는 이제 필요 없어. 영어 교사 세 명이 문제를 나누어서 출제하는데, 네가 훔쳐간 시험지에는 아홉 문제만 적혀 있어. 다시 출제하면 돼. 당장 꺼져!"

영어가 소리를 질렀다. 인사도 하지 않고 밖으로 나와 바닥에 주저앉았다. 다리가 후들거려 서 있을 수 없었다.

나승리 짓이었다.

교실로 뛰어가서 나승리를 화장실로 불러냈다. 휴대전화의 녹음 기능을 누른 상태였다.

"영어 회화실에서 중간고사 시험지 훔쳐 갔어?"

"어차피 백 점 맞을 텐데 중간고사 시험지를 왜 훔쳐. 말이 되냐? 못 믿겠으면 경찰에 신고해. 당당하게 조사받을 테니까."

나도 모르게 녀석의 얼굴을 주먹으로 후려쳤다. 녀석은 터진 입술을 손등으로 닦고 나갔다.

녀석이 시험지를 훔쳤다고 신고해도 아무도 믿지 않을 것이다. 증거가 없고, 무엇보다 나승리는 성적이 전교 5위권 이내였다. 며칠 전에 열린 영어 경시대회에도 나갈 만큼 실력이 뛰어런데 교자 중간고사 시험지를 훔칠 이유가 없었다.

집에 알리고 싶었지만 부모님이 걱정하실 것 같아 입을 다물었다. 대신 성적을 높이겠다고 이를 악물었다. 그리고 다음부터 집안 형편을 함부로 털어놓지 않겠다고 다짐했다.

뺨을 맞은 것보다, 영어 시험지를 훔쳤다는 누명보다, 영어가 야비하게 웃으며 내뱉은 폭언이 기억에서 지워지지 않았다.

나승리와의 악연은 계속 이어져서 고등학교도 같은 곳으로 배정받았고, 운 나쁘게 반도 같았다. 영어는 옆 학교로 옮겼다. 영어까지 이 학교로 왔다면 최악의 조합이었을 텐데.

1교시가 끝났다. 화장실에 가면서 정보황한테 나승리의 집안 형편을 물었다. 녀석은 모르는 소식이 없어서 별명이 정보통, 움직이는 검색창이었다.

"어머니는 교통사고로 돌아가시고, 아버지는 병원에 입원해서 할머니랑 반지하에 살아. 비 오는 날 그 집에 놀러 가면 할머니가 맛있는 파전을 만들어 준대."

녀석이 침을 삼켰다.

나승리는 공부를 잘해 자신감이 넘쳐서 어려운 형편을 당당하고 말하고 다니나 보다. 나는 영어의 폭언을 들은 이후로 부모님 직업, 사는 곳을 거짓으로 말하는 버릇이 생겼다.

마침 나승리가 지나갔다.

"너희 할머니가 파전, 김치부침개 잘한다며? 나도 먹으러 가도 돼?"

정보통이 나승리와 어깨동무를 했다.

"곧 빌라 4층으로 이사 갈 거야. 그때 초대할게."

녀석이 어깨를 으쓱거렸다. 그 낡은 집에 친구들을 부르는 근거 없는 자신감에 박수를 보내고 싶었다. 문제 많은 우리 집을 산다고 하니 시험지 사건이 조금 흐릿해졌다.

"우리도 좋은 아파트 분양 받아서 이사 가니까 놀러 와라!"

목소리가 너무 커서 복도에 울렸다. 사실은 요즘 아파트 전셋값이 많이 떨어져서 넓은 아파트에 전세로 들어간다.

나승리가 피식 웃으며 지나갔다. 웃음의 의미가 무엇인지 따지려다 참았다. 여름과 겨울에 403호에서 고생할 녀석이 안쓰러웠다.

"웬일로 집에 초대를 하냐?"

"아빠가 공부할 때는 시끄러우면 안 돼서 못 불렀지."

"아빠가 연구원이야? 경제연구원?"

녀석은 정보통답게 꼬치꼬치 캐물었다.

수업이 시작돼 교실로 들어왔다. 나승리의 자리가 비었다. 자주 조퇴를 해서 아이들은 녀석이 없어도 관심이 없었다. 큰 병에 걸렸다는 둥, 부모님이 위독하다는 둥 여러 가지 소문이 돌았지만 녀석은 명확하게 대답하지 않았다.

"고급 정보가 있어. 작년 영어 선생 기억나지? 갑자기 학교를 관뒀대."

정보통은 정말 모르는 소식이 없었다.

영어가 학교를 관두고 치킨집을 열든, 치킨 배달을 하든 관심 없다. 무조건 폭삭 망하기만을 바랄 뿐이다.

선배들한테 배가 부르도록 욕을 먹으며 응원 연습을 하고 집으로 돌아왔다.

긴장한 채 율동을 하며 쉬지 않고 뛰었더니 땀이 비 오듯 흘러 몸에서 소금 냄새가 나는 것 같다. 살 빼고 싶은 사람이 있다면 응원단 활동을 강력 추천하고 싶다. 어쩌다가 응원단의 욕받이가 됐을까.

오후에 나승리가 할머니, 삼촌과 와서 집을 구경하고 부동산에 가서 매매 계약을 했단다. 반지하에서 살면서 집 보는 안목을 키우지 못한 나승리. 공부만 잘하고 세상 돌아가는 물정은 모르는 현실 무식자였다.

엄마는 나승리가 싹싹하고, 할머니를 잘 챙긴다며 끝없이 칭찬을 해 댔다.

"승리가 잘못된 일을 보면 참지 못한다고 삼촌이 말하더라. 딱 봐도 모범생이잖아. 그런데 그 녀석 낯이 익어."

아빠가 기억을 더듬는 것 같았다.

나이가 들면 판단력이 흐려져서 사람의 이중적인 모습을 빨리 파악하지 못하나 보다.

책상을 나승리가 쓰기로 했다고 엄마가 말했다. 어차피 새로 사려고 했고, 버리려면 이만 원은 내야 하는데 돈 버는 셈이라고 기뻐했다.

"나승리는 성적의 노예야! 진실을 알면 충격받을 텐데! 그런 놈한테 책상 주기 싫어서 박살 내 버릴 거야."

부모님은 내가 성적 때문에 녀석을 질투한다고 생각하는 눈치였다.

책상에 평생 불행해지는 주문을 가득 적어 놓아야겠다.

엄마가 매매계약서를 보여 주었다. 이제 403호를 떠난다는

걷이 실가 났다

방문에 붙어 있는 유행 지난 스티커를 보니 이 집으로 이사 올 때가 떠올랐다. 집을 옮기기 직전 엄마는 식도암 수술을 받았다. 보험금으로 병원비를 내고도 조금 남았다. 그 돈이 이 집을 사는 데 보탬이 됐다. 다행히도 엄마는 건강을 회복해 다시 마트에서 일한다.

이 집에 사는 동안 다행히도 힘든 적이 없었다. 공사장에서 일하는 아빠도 다친 적 없고, 꾸준히 일감이 들어와 요즘은 돈 걱정을 안 하게 됐다. 골목 입구에 있는 고깃집에서 가끔 미국산 소고기로 외식을 할 때, 이 세상 그 누구도 부럽지 않았다. 나 또한 일 년 사이에 성적이 꾸준하게 올랐다. 물론 안 좋은 때도 있었다. 영어한테 따귀를 맞은 직후 학교를 그만두고 싶었다. 영어는 절대로 용서할 수 없다.

샤워를 하고 침대에 누워 만화책을 읽었다. 시원한 바람이 불어왔고 지는 햇살도 따스해 잠이 쏟아졌다.

봄가을에 이 방에서 낮잠을 자고 일어나면 피로가 풀리고 걱정이 싹 사라졌다. 봄가을이 좋아서 여름과 겨울, 고난의 행군 시기를 견딜 수 있었다. 내가 가장 좋아했던 공간을 이제 나승리가 차지하게 됐다. 올해부터는 일 년 내내 폭염, 한파가 몰아치면 좋겠다.

2교시 수학시간, 담임이 성적표를 나눠 주었다. 여기저기에서 비명이 들려왔다.

마른침을 삼키며 차례를 기다렸다. 수학 영어 학원 단과반만 다녀서 자신이 없었고, 첫 시험이라 아이들의 수준을 알 수 없었다.

성적표를 받았다. 모든 과목의 석차가 높아서 믿을 수 없어서 다시 살펴보았다. 태어나서 가장 좋은 성적을 받았다. 나를 자극한 영어와 나승리 덕분이었다.

녀석의 표정이 밝았다. 1등을 한 것 같았다. 기말고사 목표는 녀석을 이기는 것으로 정했다.

수업이 끝나 급식실로 내려가고 있었다. 정보통이 아이들의 성적을 조사해서 귀띔해 줬다.

결과를 종합해 보니 나는 2등이었고, 나승리는 9등이었다. 조퇴를 자주 한 탓일까. 정보통이 내가 몇 등을 했는지 시끄럽게 떠들어 댔지만 말리지 않았다. 녀석의 큰 목소리가 처음으로 반가웠다.

"축하해! 성적이 올랐네."

기빙요 멘기슭기기 미기있다.

"고마워. 운이 좋았지!"

녀석과 일 년 만에 이야기를 나눈 셈이다.

녀석은 점심도 먹지 않고 교문으로 향했다. 또 조퇴를 했다.

"교무실에서 들었는데 승리가 경찰서에서 조사받는대."

정보통도 무슨 일인지는 알지 못했다.

점심 메뉴는 불고기였다. 신문 편집부에서 활동하는 녀석이 이번 달 신문을 식탁마다 두고 갔다.

신문을 펼쳐서 1면 공지사항을 훑어보았다. 퀴즈 정답자 명단에 내 이름이 있었다. 오천 원짜리 편의점 상품권을 받게 되었다. 그 옆에 가족 자랑 수필 쓰기 대회 수상 작품이 실려 있었다. 부모님 직업, 어디 사는지를 밝혀야 해서 나는 응모하지 않았다.

최우수상은 나승리였다. 부상은 문화상품권 다섯 장. 얼마나 잘 썼는지 궁금해 읽어 보았다.

제목은 '행복한 그 집으로'였다. 제목부터 촌스럽고 식상했다.

초등학생 때 살던 좁은 집에서 온 가족이 얼마나 행복했는지 자랑을 늘어놓았다. 비 오는 날 해물파전 먹은 이야기가 또 나왔다. 온 가족이 파전 중독인가 보다.

넓은 집으로 이사한 뒤부터 가정의 평화가 깨졌다고 털어놓았다. 엄마가 교통사고로 세상을 떠났다. 아빠는 안 좋은 일로 회사를 그만두었고, 그 일로 인해 우울해져 급기야 알코올중독에 빠졌단다.

한숨, 눈물 없이는 읽기 어려운 글이었다. 상황이 안쓰러워서 상을 준 것 같았다.

형편이 어려워져서 반지하로 옮긴 나승리. 햇볕과 바람이 안 들어와 마음이 가라앉고, 겨울에는 곰팡이도 많이 피어서 햇살 잘 들어오는 집으로 옮기고 싶다는 소박한 바람이 있었다. 한동안 집안 형편 말하기가 부끄러워서 부모님 직업을 의사, 교수라고 둘러댔다고 고백했다. 자신처럼 형편을 속이는 친구를 보게 되었는데, 그 모습이 너무 초라해 그때부터 사실대로 털어놓기 시작했단다.

그 부분을 읽다가 수저를 식탁에 내려놓았다.

작년에 친구들과 집에 가는데, 학교 앞 도로에 벽돌 까는 작업을 하던 아빠를 본 적이 있었다. 아빠와 마주치지 않으려고 고개를 푹 숙이고 빨리 걸었다. 아빠는 한 달 동안 동네 곳곳에서 그 일을 했다. 나는 가방에 모자를 넣고 다녔다.

수업이 끝나 체육관 쪽으로 걸어갔다. 응원단 연습, 이거 훈
련받을 시간이었다. 얼른 체육대회가 끝났으면 좋겠다.

"한루오! 빨리 뛰어와!"

선배의 매서운 눈을 보니 가슴이 탁 막혔다.

체육관 안에 청룡팀 응원단 스무 명이 모두 모였다. 선배들
은 휴대전화를 압수했다. 훈련 모습을 동영상으로 찍거나 누군
가에게 연락할까 봐 미리 막았다.

덩치 큰 선배들이 큐로 바닥을 치면서 공포 분위기를 만들
었다. 체육관에 쿵쿵 소리가 울려 퍼졌다. 음악에 맞춰 기수가
깃발을 흔들었다. 기수는 키가 185 이상인 녀석들이 맡았다.
며칠 동안 깃발을 들고 훈련을 받느라 팔이 아파서 수저 들 힘
도 없다고 했다.

경쾌한 음악에 맞춰 율동을 시작했다. 일주일째 같은 음악을
들었다. 음악에 맞춰 벌 받고 욕을 먹어서 훗날 저 음악을 들으
면 경기를 일으킬 것 같다.

"이 새끼야! 머리는 장식품이냐? 며칠째 같은 동작을 틀려?"

머리를 삭발하듯 짧게 자른 선배가 손바닥으로 뒤통수를 후
려갈겼다. 눈앞이 번쩍하더니 통증이 퍼져 나갔다.

여자 선배가 휴대전화로 찍은 훈련 동영상을 보여 줬다. 다

들 절도 있게 잘하는데, 나 혼자 박자를 놓치기 일쑤였다. 왼손을 들어야 할 때 오른손을 들어 응원을 망치고 있었다.

"응원단에서 빠지면 안 될까요?"

"지금 반항하냐? 이 새끼야, 따라와!"

단장 선배가 귀를 잡아당겼다.

으슥한 쓰레기장으로 끌려갔다. 선배가 멱살을 세게 잡아 숨을 쉴 수 없었다. 다른 선배가 뺨을 후려갈겼다. 태어나서 두 번째로 맞는 뺨이었다.

선배들이 발길질을 하려고 할 때, 호루라기 소리가 들렸다.

"지금 뭐 하는 거야?"

체육 선생님이었다. 선배들이 순식간에 도망쳤다. 다리가 후들거려 서 있을 수 없었다.

"맞았어? 때린 사람 누구야?"

선생님이 다가왔다.

"맞지 않았습니다. 괜찮습니다."

사실대로 말하고 싶지만 그랬다가는 뒷감당을 할 수 없었다.

수돗가에서 물을 마시는데 정보통이 내 가방을 들고 다가왔다.

"왜 훈련 안 받아?"

니 □□□에 '□□ 긴 있던 □□ 털어놓았다.

"승리가 체육한테 고발했나 보네. 너한테 할 말 있다고 해서 체육관에 가 보라고 했더니 그쪽으로 뛰어가더라. 뭔가 좋은 소식을 알리고 싶어 하는 눈치였어."

운동장, 교문 근처 어디에도 나승리가 없었다.

휴대전화 문자가 왔다. 응원단 단장 선배였다.

'체육이 응원을 강제로 시키지 말라고 한다. 넌 빠져라. 괜히 싫다는 놈이랑 하다가 일이 커질 것 같아. 고생했고 오늘 일은 미안해.'

문자를 보며 환호를 질렀다.

나승리에게 연락하고 싶었지만 전화기에 번호가 저장되어 있지 않아 정보통에게 물어봤다.

문자창에 고맙다고 입력했지만 발송 버튼을 누를 수 없었다. 녀석이 왜 갑자기 나한테 잘하는 걸까?

부모님은 옥상에 돗자리를 폈다. 그 옆에 불판을 놓고 삼겹살을 구웠다. 성적도 올랐고 집도 팔려서 축하할 일이 많았다. 응원단도 관두게 돼 정말 기분 좋았고, 미세먼지도 없어서 밖에서 밥 먹기 좋은 날이었다.

행복빌라 옥상에서 먹는 마지막 고기였다. 이사 갈 아파트는 옥상이 없어서 이런 추억을 만들 수 없다. 아빠가 맥주를 내 잔에 조금 따라 줬다. 한 모금 마셨더니 금세 얼굴이 뜨거워지고 정신이 몽롱해졌다. 엄마 아빠는 나를 보며 웃었다. 이사 간 집에서도 행복이 계속되면 좋겠다.

"루오는 좋겠네. 당당하게 아빠랑 술도 마시고!"

빨래를 걷으러 온 옆집 아줌마도 같이 앉아서 삼겹살을 먹었다.

휴대전화가 시끄럽게 울려 분위기를 깼다. 정보통이 메시지를 여러 차례 보냈다.

'교무실에서 들었는데 중3 때 영어 선생이 학교 잘리고, 오늘 감방에 들어갔대.'

젓가락을 내려놓고 콜라를 마시며 정신을 차렸다.

또 메시지가 왔다. 녀석이 신문 기사를 읽을 수 있도록 인터넷 주소를 알려줬다.

기사를 보니 A교사는 영어 경시대회 답안지를 조작해 금품을 준 학부모의 자녀가 1등이 되도록 했고, 몰래 과외를 해서 거액을 챙겼다고 한다. 그 학생들에게 시험 문제를 유출한 혐의도 받았다. 지난해 수업을 들었던 B학생이 제출한 증거가 사

민 해결의 중요한 열쇠였다. 교육청기 검찰은 학교 학교에 보
관된 5년 동안의 답안지를 모두 전수조사해서 답안지가 바뀐
것을 발견했다. 감독관 도장이 다르게 찍혀 있었던 것이다. 제
보한 학생이 누군지 알 것 같았다.

어른들이 술을 마시는 동안 나는 집으로 내려와 인터넷 기
사를 검색했다.

지역 언론사 기자가 사건을 파헤친 학생과 이메일로 진행한
인터뷰 기사가 올라왔다. 기자가 묻고 승리가 답하는 형식이
었다.

— 교사의 비리를 파헤친 계기가 무엇이죠?

"중학교 2학년 때 영어 경시대회에 나갔고 채점 결과 만점이었어

요. 영어학원 강사였던 어머니한테 어릴 때부터 영어를 배워서 잘

하는 편이에요. 그런데 저는 수상자 명단에 없고 다른 학생이 1등

을 했어요. 답안지를 확인했는데 두 문제의 답을 잘못 표시했더라

고요. 누군가 조작했다고 의심했지만 증거가 없었고, 학교에 알리

고 싶었지만 집안에 안 좋은 일이 너무 많아 마음의 여유가 없었어

요."

— 증거를 어떻게 확보했어요?

"지난해 영어 경시대회 직후 친한 어른에게 교무실로 전화를 해서 영어 선생님을 다급하게 찾아달라고 부탁했습니다. 그사이에 저는 선생님 책상 서랍에 들어 있는 답안지 30장을 휴대전화 카메라로 찍었고요. 잘못된 일인 줄 알지만 어쩔 수 없었어요. 시험 결과를 보니 다섯 문제나 틀린 학생이 1등을 했는데, 답안지를 조작해 만점으로 만들었어요. 저는 또 두 문제나 틀린 것으로 답안지에 표시가 되어 있었죠."

— 왜 작년에 바로 고발하지 않았죠?

"아빠가 회사의 비리를 고발했다가 관두게 됐고 그것 때문에 검찰 조사를 받으면서 집안이 쑥대밭이 됐어요. 매일 조사를 받고 재판 준비를 하느라 우울증이 생긴 아빠는 정신과 치료도 받았고요. 회사 동료들도 아빠 편이 되어 주지 않아서, 진실을 밝히는 일이 쉽지 않다는 것을 알았습니다."

— 마음을 바꿔서 고발하게 된 계기는 무엇인가요?

"비리를 저지른 사장과 임원들이 승승장구한다는 소식이 들려왔습니다. 그런데 아빠의 삶은 처참해졌어요. 그리고 지난해 영어 경시대회 1등한 녀석이 그 경력으로 좋은 고등학교에 입학했어요.

여러 가지 결과를 보고 마음을 독하게 먹었습니다."

문장에서 녀석의 어른스러운 말투가 전해졌다.

— 마지막으로 전하고 싶은 말이 있나요?

"인터뷰 제안을 받고 망설였는데 친구한테 전할 말이 있어서 응했습니다. 몰래 사진을 찍고 영어 회화실을 나올 때 우연히 마주친 친구가 저 때문에 영어 선생님한테 오해를 받았습니다. 서랍에서 답안지를 급하게 찾다 보니 정리가 안 돼, 선생님은 누군가 중간고사 시험지를 훔쳐간 것으로 착각한 모양입니다. 중간고사 문제도 유출한 상황이라 모든 일에 엄청 예민했던 것 같아요. 오해받은 친구에게 이 자리를 빌려 사과하려고 합니다."

그날의 일들이 하나둘씩 또렷하게 떠올랐다.

승리한테 응원 문자를 보내려고 했지만 또 발송 버튼을 누르지 못했다.

마침 엄마가 방에 들어왔다.

"승리네가 이 집을 사지 않으면 어떻게 돼?"

"우리한테 준 계약금을 못 돌려받아. 그것보다 우리가 이사 갈 집에 잔금을 못 줘서 엄청 손해가 나지."

머리가 복잡해서 한숨만 나왔다.

어젯밤부터 내린 비는 그치지 않았다. 창문을 두드리는 빗소리가 자장가 같았다. 학교에 가지 않는 날이라 이불을 뒤집어썼다. 응원단을 계속했다면 오늘도 얻어터졌을 텐데. 승리 덕분이었다.

늦잠을 자고 일어나 보니 열 시였다.

엄마는 부엌 바닥에 쭈그려 앉아 쪽파를 다듬었다. 매운 냄새가 훅 풍겼다.

식빵을 뜯어 먹으며 한가한 토요일의 여유를 만끽하고 있었다. 누군가 현관문을 두드렸다. 엄마가 다듬은 쪽파를 급히 냉장고에 넣고 방향제를 뿌렸다.

"승리네가 집수리하기 전에 비용이 얼마나 나오는지 견적을 내러 왔을 거야."

엄마가 문을 열었다.

황급히 방으로 들어가려는데 승리와 눈이 마주쳤다. 녀석은 전혀 놀라지 않고 자연스럽게 손을 흔들었다. 할머니, 삼촌도 어른들은 옥상으로 올라갔다. 비 오는 날이라 누수 지점을 찾기 쉬워서 불쑥 왔다고 했다.

"행복빌라 403호에 살고 있는 거 지난해부터 알고 있었어."

녀석은 먹다 남긴 식빵을 먹었다. 집주인 같았다.

시험지 사건 이후 사과하려고 애들한테 우리 집 위치를 물었지만 아는 녀석이 없어서 선생님한테 물어서 왔다고 했다. 하지만 용기가 없어 사과하지 못했다고 털어놓았다.

"이 집에 사는 걸 알고 엄청 놀랐어. 저 스티커 내가 붙인 거야!"

녀석이 방문에 붙은 돼지 캐릭터 스티커를 손가락으로 가리켰다. victory, 승리라는 뜻이었고 우리는 돼지띠였다.

"예전에 살던 사람이 바로 너야?"

마시던 우유를 식탁에 내려놓았다. 학교 신문에서 읽었던 수필이 떠올랐다.

"이 집을 팔고 좋은 집으로 간 뒤부터 이상하게 일이 잘 안 풀렸어. 할머니는 안 좋은 집을 좋다고 속여 팔아서 벌 받는 거라고 부모님을 혼내셨지. 마침 네가 곧 이사 갈 거라고 친구들에게 말하는 걸 듣고 내가 할머니께 말씀드렸어. 햇볕이 잘 드는 집에 살면 아빠의 병도 나을 것 같아."

녀석의 눈동자가 붉어졌다.

이 집에 문제가 많다는 것은 이미 알고 있어서 자세히 설명할 필요가 없었다.

"깎아 준 삼백만 원으로 삼촌이 웬만한 거 다 고칠 수 있대. 친삼촌은 아니고 아빠가 입원한 알코올중독 치료병원에서 시설 관리하는 아저씨야. 수리도 잘하고, 친한 업체도 알고 있어서 싸게 할 수 있대."

옥상에서 내려온 삼촌은 휴대전화 카메라로 욕실을 찍었다. 단열 공사를 하면 벽에 얼음이 얼지 않도록 막을 수 있다. 집값이 아주 저렴해서 시청에서 지원하는 저소득층 주거 환경 개선 지원금도 조금 받게 됐다고 할머니가 말했다.

삼촌은 줄자로 천장의 넓이를 쟀고 승리가 수첩에 꼼꼼하게 받아 적었다.

"승리가 낯익어. 어디선가 많이 본 것 같아!"

아빠가 승리를 오랫동안 바라보았다.

"작년에 정문 청소 담당이었는데, 아저씨가 학교 앞에서 일하실 때 몇 번 뵈었고 정수기에서 물도 떠다 드렸잖아요."

승리가 눈을 반짝거렸다.

아빠가 승리한테 학교생활에 대해 많이 물었다고 하다 하지만 아들이 학교에 다닌다고 하지 않았다.

"아저씨가 루오 아빠인 거 알고 있었어요."

승리가 우리 집에 찾아왔을 때, 내가 아빠와 함께 있는 것을 봤다고 한다.

하굣길에 벽돌 깔고 있는 아빠를 외면하는 모습을 승리도 본 걸까. 신문에 실린 수필이 떠올라 얼굴이 뜨거워졌다.

어느새 점심시간이 되었다. 아침을 굶었더니 배에서 꼬르륵 소리가 났다.

"비도 오는데, 해물파전 만들어서 같이 드세요."

엄마가 쪽파를 꺼냈다. 아빠가 삼촌한테 막걸리를 같이 마시자고 했다.

할머니가 밀가루 반죽을 했고 엄마가 프라이팬에 기름을 둘렀다. 고소한 냄새가 집 안으로 퍼져 나갔다.

"벽에 방수 작업하려면 크레인을 빌려야 하는데, 행복빌라의 행 자도 제대로 붙여 드릴게요."

삼촌이 말했다. 승리가 엄지손가락을 치켜세웠다.

"루오는 파전 먹고 싶으면 언제든 이 집에 놀러 와라!"

할머니가 오징어가 많이 들어 있는 부분을 접시에 담아 건

넸다.

 이제 이 집을 떠난다. 문에 붙어 있는 스티커 속 돼지가 victory를 외치는 것 같았다. 403호를 떠나기 전에 나는 무슨 스티커를 붙여 놓을까?

13년 동안 살던 집을 떠나 낯선 곳으로 옮겼다.

이사를 준비하다 보니 부동산에 갈 일이 많았고, 집과 관련된 신문 기사도 눈에 들어왔다. 아파트 값이 폭등했다는 소식, 투자 혹은 투기를 잘해서 부자가 된 사람들 이야기를 접하며 홈(home) 과 하우스(house)의 차이를 생각했다.

올해 청소년들을 만날 기회가 많았는데, 친구들이 어느 동네, 무슨 아파트에 사는지 관심을 많이 보였다. 어느 곳에 사는지 말하기를 꺼리는 녀석도 있었다. 인터넷 검색창에 동네와 아파트를 입력하면 집값을 알 수 있는 시대라서 그런 걸까?

계약 기간이 끝나 2년마다 집을 옮겨야 하는 주거 난민, 창문 없는 고시원과 쪽방에 자리 잡은 고단한 청춘과 노년, 이슬을 맞으며 사는 노숙인의 삶도 뉴스를 통해 접한다.

누구나 포근하고 안전한 공간에서 살 수 있다면 우리 사회가 안정을 찾을 수 있을 테고, 그러면 경쟁의 강도가 약해질 텐데. 루오와 승리가 살아갈 세상은 지금보다 조금 더 따스했으면 좋겠다. 물론 나를 비롯한 어른들이 더 많이 노력해야 한다는 것을 잘 알고 있다.

문부일

박하익

2008년 계간 『미스터리』 가을호 신인상을 받아 등단했다. 2010년 『동양일보』 소설 부문 신인문학상, 2011년 제6회 대한민국 디지털 작가상 대상, 2018년 제22회 창비 좋은 어린이책 창작 부문 대상을 받았다. 소설 『종료되었습니다』는 곽경택 감독의 〈희생부활자〉로 영화화되었고, 『선암여고 탐정단 : 방과 후의 미스터리』, 『선암여고 : 탐정은 연애 금지』는 JTBC에서 〈선암여고 탐정단〉으로 드라마화되었다. 2018년에 동화 『도깨비폰을 개통하시겠습니까?』를 출간했다.

수정테이프
고치기

나는 우리 학교의 흔한 콘셉러다. 콘셉러가 뭐냐고? 연예인처럼 몇 가지 이미지를 토대로 특색 있는 행동을 보이는 사람들을 지칭하는 단어다.

콘셉러들은 영화나 게임 속 캐릭터처럼 말하고 움직인다. 아니면 자기가 되고 싶은 이상대로 행동한다. SNS나 게임에서도 볼 수 있지만, 현실 세계에서도 종종 찾아볼 수 있다.

예컨대, 성적을 올려야 하는 학생의 경우, 자기가 전국 1등인 양 믿고 우등생이 할 법한 말과 행동을 개시한다.

"맙소사. 책 좀 봤을 뿐인데, 벌써 두 시간이 지난 거야? 이 미친 집중력."

살을 빼려고 연예 기획사 연습생으로 콘셉트를 설정하기도 했다.

"드디어 데뷔 날짜가 정해졌어. 솔로 앨범은 4월에 나오고 그건부터 잡기에 사진을 신늘대. 대표님이 오늘 이야기하시려라. 아직 군살이 있으니까, 한 달에 딱 500그램씩만 줄이자고. 그래서 이제부터는 너희들하고 떡볶이는 못 먹을 것 같아. 냄새만 맡을게."

미친 사람 취급당하기 딱 좋은 언행이다. 그래서 콘셉러들은 종종 콘셉충이라는 말로 비하된다. 그러나 미리 주변 사람들에게 잘만 양해를 구해 놓으면 콘셉트 잡기는 즐거운 놀이가 될 수 있다. 알다시피 자기 암시의 효과는 엄청나니까.

나 같은 경우에는 자의로 콘셉러가 된 것은 아니었다.

친구의 수정테이프를 어쩌다 고쳐 준 이후, 줄곧 아이들 사이에서 수정테이프나 문구류를 고쳐 주는 수리 기사 역할을 했다. 그러다 한 아이가 나를 '드워프'라고 불렀고, 장난은 들불처럼 번져 나갔다. 부탁하지도 않았는데 아이들은 나를 농담거리 소재로 삼아 반강제적 콘셉트 놀이를 시작한 것이다.

드워프는 소설 『반지의 제왕』에 나오는 종족으로, 손재주 좋은 난쟁이들을 뜻한다. 작달막한 내 키와 역할에 잘 어울리는 별명이었다. 나를 디렉팅한 그 아이는 내가 먹을 걸 주어야만 물건을 고쳐 주는 걸 보고 세심한 설정까지 덧붙였다.

"우리 반 드워프는 모계나 부계 쪽에 호빗의 피가 섞였을 거야. 틀림없어."

남학생들 사이에서는 유명 MMORPG 게임, 여학생들 사이에서 야한 로맨스 판타지 소설이 유행을 타서 엘프니, 마법사니 하는 판타지적 개념에 친숙한 치들이 많았다. 그런 걸 전혀 모르는 애들까지 나를 생활의 달인, 장인이라 부르며 찾아왔다.

"샤프가 망가졌다고? 4반 난쟁이한테 가 봐. 아마 고칠 수 있을걸."

내가 심드렁한 얼굴로 고개를 들면 아이들은 슬그머니 사탕이나 피자빵을 내밀곤 했다.

"우리 반 드워프는 원래 그래. 먹이를 주어야 힘을 내지."

집에서 키우는 애완동물을 소개하듯 반 아이들은 말해도 나는 기껏해야 콧방귀만 뀔 뿐이었다. 가만히 앉아만 있어도 먹을 것들이 생기는데 마다하는 건 바보 짓이니까.

곧 내 사물함에는 문구류를 고칠 때 쓰는 일자드라이버와 십자드라이버, 핀셋과 글루건, 투명 매니큐어, 본드 등이 장비로 마련되었고, 나는 고객 앞에서 각종 샤프나 수정테이프의 모델과 특징을 그럴싸하게 읊게 되었다.

고등학교에 진학한 후에도 같은 학교에 진학한 중학교 동창

들은 볼펜에서 수정테이프가 고장 날 때마다 답신하기는 듯이 나를 찾았다.

"헤이 드워프, 부탁을 하러 왔다."

자연스럽게 새로 알게 된 아이들도 내가 물건을 고치는 모습을 구경했다.

군더더기 없는 깔끔한 수리 과정은 그 자체로 쇼였다. 샤프 같은 펜 종류는 좀 더 시간이 걸리지만, 단순한 구조의 수정테이프 정도면 눈을 감고도 뚝딱이었다. 손톱으로 덮개를 열고 사용한 테이프 뭉치를 쓰레기통에 골인시킨 뒤, 끊어진 부분을 접착테이프로 다른 축에 연결해 다시 덮을 때까지 1분이면 충분했다.

그렇게 나는 쉽사리 고등학교 생활을 시작했다.

2, 3학년 고객까지 몰릴 정도로 콘셉트 놀이는 크게 성황했다. 턱선이 둥글어지고, 배가 나오기 시작한 내가 참다 못해 짜증을 내도 아이들은 계속 찾아왔다. 성질 까다로운 드워프를 길들이려면 반드시 간식거리를 들고 가야 한다. 그중에서도 가장 효과가 좋은 건 피자빵이다. 일상이 무료해 죽을 것 같은 고교생들은 자꾸 나에게 만화 같은 이미지를 덧씌우려 했다. 내게 수정테이프 수리를 맡기는 일이 컴퓨터 게임 속 모종의

퀘스트처럼 여겨지는 모양이었다. 까탈스런 드워프, 배고픈 드워프.

2학기가 되어서는 그 유명세로 새로운 사업도 시작할 수 있었다. 정부가 갑작스레 초중고 학교 내 카페인 음료를 전면 금지하면서 일어난 해프닝이기도 했다. 성장기 학생들을 위한 조치였지만, 이미 카페인에 중독된 고교생들은 한동안 금단 증상을 겪었다. 아침마다 눈이 풀려서 늘어진 애들이 교실에 한두 명은 있었다. 커피 좀비들 가운데 하나가 휘어진 연습장 스프링을 교정하러 찾아왔다. 나의 사물함이 활짝 열렸을 때 안에는 원래 매점에서 팔던 것과 똑같은 종류의 캔커피들이 반짝이며 빛나고 있었다.

"얼마야?"

좀비가 물었다. 방금까지 커피를 판매 물품으로 생각도 않던 인색한 드워프는 재빨리 머리를 굴렸다. 매점 가격은 칠백 원, 학교에서 제일 가까운 편의점에서 파는 같은 캔커피의 가격은 구백 원. 합리적인 시장 가격을 껌처럼 뱉어 냈다.

"팔백 원에 모시겠습니다."

얼굴도 이름도 모르는 선배들까지 망가진 학용품을 들고, 또는 동전을 들고 우리 교실에 찾아왔다. 캔커피 파는 개가 수정

대시프도 그린다. 사교 고커 주는 개가 커피드 파다 거미줄 치듯 입소문이 퍼져 나갔고, 학교 내에서 나를 모르는 사람이 없을 정도가 되었다.

팔백 명밖에 다니지 않는 학교에 별별 사람이 다 있었다. 커피를 팔고 문구를 고치며 나는 정말 다양한 사람들을 만났다. 가운데 부분이 찢어진 삼선 슬리퍼를 고쳐 달라며 들고 온 남학생은 헉 소리가 날 정도로 잘생긴 이목구비를 가지고 있었고, 똑같은 종류의 수정테이프를 다섯 개나 가져온 여자 선배는 우리 학교에서 공부를 가장 잘하는 사람이었다. 사근사근하고 친절한 손님이 찾아와 세상은 아름답구나 생각하게 만드는 날도 있었고, 불량 학생들이 떼로 몰려와 캔커피를 그냥 달라고 우기는 날도 있었다. 불량 학생들이 커피 한 캔 공짜로 얻겠다고 연출하는 위협적인 눈빛과 몸짓은 어설퍼서 솔직히 안쓰러웠다.

다들 제각각 콘셉트를 잡고, 학교라는 무대에서 연기를 펼치고 있었다. 나의 역할이 정해져 있듯이 그들도 그 안에서 행동하고 서로 빤한 것들을 주고받았다. 게임의 룰을 이해한 기분이었다. 조금씩 자신감이 붙었고, 능청스러워졌다. 그들에게 나는 드워프였고, 그 정도면 되었다.

미세먼지가 학교 뒷산을 완전히 덮어 버렸던 10월, 불친절하지만 성실한 드워프가 사물함에 들어 있던 캔커피를 모두 팔아 치운 종잣돈으로 소셜 커머스 사이트에서 커피 한 박스를 들여놓았던 날이었다. 캔커피를 반쯤 쟁여 놓았을 때 손님이 찾아왔다.

나는 교실의 열린 뒷문 쪽으로 빼꼼히 고개를 숙여 상대의 손에 들린 물건을 확인했다. 돈을 들고 왔는지, 학용품을 들고 왔는지에 따라 사물함에서 무엇을 꺼낼지가 결정되었다.

그의 양손에는 아무것도 없었다. 마디가 짧고 굵은 손가락과 두툼한 손날, 팔목에는 검은 가죽끈에 단순한 디자인의 손목시계가 감겨 있었고, 팔뚝은 질소 포장된 과자 봉지처럼 빵빵했다. 멋없이 바짝 자른 헤어스타일이 원숭이 같은 이마 윤곽을 그대로 드러냈다. 손만큼이나 턱선과 목은 두툼했지만, 살결은 희고 반질반질했다. 상급생 명찰에는 이명조라는 이름이 있었다.

"네가 이은애지? 「수정테이프 고치기」라는 수필 쓴……."

플라스틱 안경테를 추켜올리며 명조가 손짓했다. 오랜만에 별명 아닌 이름이 불려서 조금 놀랐다.

"수필은 아니고, 독후감이에요."

문제의 독후감은 내 생일날 고객에게 받은 책을 가지고 쓴 글이었다.

그 고객은 저녁 시간에 갑자기 나타나 나에게 꼭 주고 싶었 노라며 『연필 깎기의 정석』이라는 책을 안겨 주고 사라졌다. 페이지마다 줄이 그어져 있고 모서리가 접혀 있는 것이 집에서 읽던 책을 그대로 가지고 온 모양이었다. 전혀 알지 못하는 사람이 내 생일을 기억하고 즐겨 읽던 책을 골라 선물로 주다니 감성이 메마른 드워프라도 눈물을 흘리지 않을 수 없었다. 그래서 문학 수행평가로 독후감을 제출해야 했을 때 그 책을 주제로 글을 썼다.

그동안 고객들에게 들볶이며 문구들을 고쳤던 경험으로 쓴 글은 문학 선생님의 취향에도 들어맞았다. 선생님은 내 글을 1학년 각 교실을 돌아다니며 읽어 주셨다. 문장이 읽힐 때마다 아이들은 자지러졌고, 내 별명에는 '수정테이프 고치는 드워프 노인'이 추가되었다.

"잘 썼더라. 교지에 실어 보려고 읽었거든."

주책맞은 문학 선생님이 담당 교사로 있는 학내 동아리 교지 편집부에까지 글을 가져가셨던 모양이었다. 명조는 자기를 교지 편집장이라고 소개했다.

"나도 너처럼 수정테이프 같은 걸 고치고 싶어. 좀 도와주면 안 될까?"

내가 이상한 사람 보듯 쳐다보자 명조가 서둘러 설명을 붙였다.

"나도 사람들을 대하는 데 자신이 없어서."

"편집장이라면서요?"

"여자애들이 장난쳤어. 나 혼자 남자니까."

그의 코에서 서러움이 콧김처럼 뿜어져 나왔다.

"기술이랄 것도 없어요. 유튜브에 다 나오니까 따라 하면……."

피곤한 일을 털어 버릴 뜻으로 말했다. 그러나 명조는 예상했다는 듯 넘어가지 않았다.

"그래. 그렇겠지. 하지만 말이야. 나한테는 스토리텔링이 필요해. 대충 나 혼자 터득하면 누가 찾아오겠어. 학내 공인 기술자 드워프한테 기술을 전수받았다는 정도의 경력은 있어야지. 내가 너한테 기술을 전수받고, 네가 2학년생들한테 '3반의 이명조 선배가 제 제자이니, 앞으로는 그쪽으로 가 주세요. 잘 고쳐요'라고 소개해 주면, 응? 그때부터는 너에게 가던 2학년들이 나를 찾아오지 않겠어?"

옷기는 말요 히는 시간이었다.

"편의점을 내라고요?"

"체인점을 내라는 말이지."

"뭣 하러요? 얻는 것도 없는데?"

나는 팔짱을 끼고 도도하게 말했다. 명조는 어깨를 으쓱이고 는 아주 유혹적인 제안을 했다.

"나한테 기술을 전수해 주면 네 글 교지에 안 실을게. 편집장 직권으로."

악수와 함께 약속이 잡혔다.

토요일 2시, 장소는 구립 도서관.

나는 미리 사물함에 들어 있던 도구들을 가지고 도서관으로 갔다. 모아 두었던 수정 테이프들도 챙겼다.

"여러 회사의 제품이 있지만 구조는 비슷해요. 테이프가 감기는 릴(reel) 두 개와 수정막을 종이에 부착시키는 헤드로 나뉘죠. 디자인은 크게 손아귀에 쏙 들어오는 물방울 모양 기본형 수정테이프가 있고, 보다 길쭉한 디자인으로 펜처럼 쥐고 쓰는 펜 타입 수정테이프가 있어요. 이 두 가지가 제일 대중적이고요. 가끔씩 특이한 디자인의 수정테이프를 가지고 오는 애들이 있어요. 지금 제가 보여 드리는 성냥갑 모양 펜텔 프렌치

팝이나 중국 회사가 만든 매미 디자인, 브리스크 스타일의 케첩 병이나 마요네즈 병 모양 수정테이프처럼요. 형태는 달라도 원리는 같으니까, 앞에 두 가지를 자꾸 고치고 리필해 보면 어렵지 않게 고칠 거예요. 단, 디자인이 화려한 타입들은 분리할 때 조심하세요. 플라스틱 몸체를 분리할 때 잘못하면 망가지니까요. 저는 아예 처음부터 애들한테 말을 해 뒀어요. 이런 건 내가 처음 보는 거라 어렵다, 고치다가 잘못될 수도 있다, 그래도 고쳐 달라고 하겠냐, 나는 책임 못 진다. 유니크한 수정테이프면 피자빵을 하나 더 받아도 괜찮아요. 애들도 일부러 예쁜 걸 쓰고 싶어서 산 거라서 비싸도 꼭 고쳐 달라고 하거든요."

"나는 돈 안 받을 거야."

스님 같은 표정을 지으며 명조가 말했다.

"외람된 말씀이지만 선배님, 이것도 상당한 시간과 노력이 들어가는 작업이에요. 무료로 고쳐 주다 보면 성격 버립니다. 얼마나 많은 애들이 부탁을 해 온다고요. 선배가 교지 편집부 일을 도맡은 날이나, 수행평가 못 해 온 날에도 찾아올 거란 말이에요. 미리 선을 그어 두지 않으면 자기 일도 못 하고 서로 얼굴만 붉히게 돼요. 초콜릿이나 커피, 피자빵은 단순한 먹을 거리가 아녜요. 그건 뭐랄까, 징표예요. 제가 들이는 시간과 노력을 존중해 주는 거죠. 이 얼투당투않은 콘셉트 놀이에서 그나마 의미 있는 부분이고요."

"그렇구나."

"다들 제 실력을 값어치 있는 것으로 인정해 주니까, 자신감 있게 거절도 할 수 있죠. 오늘은 일이 밀려 있어서 늦게 고쳐 줄지도 몰라. 괜찮아? 대가가 생기면서 편해지는 건 고객들도 마찬가지예요. 선배처럼 부끄러움 많은 사람이 얼마나 많다고요. 모르는 애한테 무작정 다가와서 부탁을 하는 게 사실 어려운 일이잖아요. 빚지는 일에 거부감을 느끼는 사람들도 많아요. 누구든 피자빵과 수리를 부탁하는 메모 한 장이면 서로 오케이가 되니까 편한 거죠. 물론 친한 관계는 예외지만……."

인간관계는 오묘한 것이라 너무 잘해 주려고만 해서도, 다가가려고만 해서도 안 된다. 많은 학생을 상대하면서 깨달은 대인관계의 비결이었다. 수정테이프를 깔짝대며 사교술도 늘었다.

"친해지면 예외라고?"

"그렇죠. 친한 사람하고는 서로 피자빵을 주고받지 않는다는 걸 확인하면서 더 각별해지는 거죠."

"각별한 사이를 어필……."

읊조리는 명조의 얼굴이 발그레하게 변해 있었다.

다음으로는 샘플로 가져온 기본형 수정테이프를 분리해서 설명해 주었다.

"테이프에는 세 가지 재료가 겹쳐 있어요. 먼저 필름 같은 베이스 테이프가 있고요. 그 위에 글자를 수정해 주는 수정막이 붙고요, 그 위로 수정막을 종이에 붙게 만들어 주는 접착제가 덮여요. 참고로 산화티타늄이 수정막의 원료인데요. 자외선 차단제랑 파운데이션에도 쓰인다네요. 수리할 때는 접착제 부분이 손에 자꾸 달라붙으니까 주의해야 해요. 접착 부분을 반드시 위로 해서 종이에 닿는 입구 헤드 부분에 감아야 하고요. 입구 부분은 우레탄 합성 재질의 말랑말랑한 부품을 달아 놓은 제품들이 많아요. 조립할 때 자꾸 움직여서 거슬리는 부분이죠. 모든 게 제 위치로 가면 장력을 조절해 가며 릴을 살짝 회전합니다. 플라스틱 덮개를 마지막으로 덮을 때도 헤드 부분의 방향이 바뀌지 않게 조심하세요."

"진짜 전문가 같아."

피식 웃음이 나왔다. 손끝으로는 알고 있었지만 이 정도로 용어나 원리까지 자세하게 알고 있지는 않았다. 약속 시간보다 조금 일찍 도서관에 와 일본 작가가 쓴 필기구 과학책을 두 페이지 정도 있었을 뿐이었다. 형식만 제대로 갖추어지며 사라은 중요한 시간을 보냈다는 착각에 빠진다. 교지라는 인쇄 매체에 공식적으로 등재되어 졸업 후까지 놀림받는 상황을 피하기 위해서라면 그 정도 공은 들여야 했다.

"이제 실습 코스입니다. 수정테이프를 고칠 때 가장 주의해야 할 세 가지가 있어요. 첫 번째는 방향을 헷갈리지 않는 거, 두 번째는 릴과 테이프 사이의 장력, 팽팽한 정도를 잘 유지해야 해요. 세 번째, 이미 사용한 테이프 릴은 아주 미끄러워서 자꾸 풀리거든요. 그럴 때는 아예 뭉치로 잘라서 휴지통에 던져 버리고, 새로 만든 끝을 빈 릴에 붙여 버리세요. 제가 이 깨달음을 얻기까지 얼마나 많은 시간을 낭비했다고요."

명조는 나의 코치 아래 수정테이프를 직접 고쳐 보았다. 그는 몸에 비해 팔다리가 짧았다. 손가락도 짧고 두껍고 뭉툭했다. 무언가를 만들기에 적합하지 않은 손이었다. 그래도 끙끙대며 열심히 수정테이프를 고치려고 애썼다.

우리는 근처 패스트푸드점에서 샌드위치와 콜라를 마시고 헤어졌다. 기술 전수는 수정테이프에 한해, 한 차례만 하기로 약속이 되어 있었다.

그러나 명조는 수시로 나를 찾아왔다.

이런 식이었다. 2학년 고객들이 내게 수정테이프 수리를 부탁한다. 그럼 나는 어깨를 으쓱이며 앞으로 2학년 수정테이프 수리는 3반 명조 선배에게 부탁하라고 알선해 준다. 한 시간쯤 뒤에 아까 보았던 망가진 수정테이프를 들고 명조가 허겁지겁 달려오는 것이다.

원리는 간단해도 수리는 경험의 문제였다. 제품별로 미묘한 차이가 있음을 이해하려면 시간이 걸렸다. 나도 도제에게 견습 기간이 필요함을 인정해야 했다.

"그냥 둘이 바깥에서 만나. 저 선배가 너 좋아하네."

같은 반 여학생들이 키득거렸다. 반에서 제일 친한 친구도 너스레를 떨었다.

"머리 잘 썼네. 수정테이프 고치면 손끝도 살살 닿고, 거리가 줄어드니까 자연스럽게 썸타기도 좋고. 이대로 장인 커플 탄생?"

어처구니가 없어 웃음이 나왔다. 뇌리에 몇 장면이 스쳐 지나갔다.

손이 닿으면 움찔거리던 명조, 도서관에서 만났을 때 풍기던 향수 냄새, 일부러 직접 찾아와서 기술 전수를 부탁했던 것도 그렇고, 도대체 어떻게 내가 교지에 글이 실리는 걸 싫어한

디는 걸 알았을까. 이미 내 심경을 알고 있었던 것처럼. 생각해 보니 명조 선배는 예전에도 2학년 단골과 함께 교실을 찾아왔던 적이 있었다. 그때는 주의 깊게 보지 않았지만.

명조가 그런 관심에서 내게 접근했을 가능성을 한 번도 생각하지 않았다. 가끔 찾아오는 남학생들 가운데는 지나치게 매력적이고 잘생겨서 함께 있는 동안 굉장한 부담감과 만족감을 선사하는 이들이 있었다. 반면 한없이 평범한 명조의 외모는 마치 거울을 들여다볼 때처럼 편안했고, 마음에 안정마저 주었다.

"명조 선배가 날 좋아해서 온다고? 말도 안 돼."

물론 나도 명조만큼이나 평범했다. 둘 다 첫눈에 사람을 홀릴 인물이 못 된다.

그러나 친구가 말했다.

"그게 무슨 소리야. 네가 얼마나 사랑스러운데?"

"사랑스럽다고?"

온몸에 닭살이 돋았다.

드워프는 사랑스럽지 않다. 통통한 드워프, 여간내기가 아닌 드워프, 까탈스런 드워프는 이해가 되지만 사랑스럽다니. 화장 애플리케이션으로 왜곡한 사진을 프로필 사진으로 올려놓은

SNS 계정을 보는 기분이다. 어색했다.

그러나 이런 생각도 들었다.

'아니야. 솔직히 나도 인기가 있는 편이지.'

나는 거울을 한참 동안 들여다보았다.

누군가 나를 좋아하고 있다는 사실을 알게 된 것만으로도 거울 속의 나는 퍽 달라져 있었다. 눈은 더욱 생기가 넘쳤고, 입술 빛도 선명했다.

어쩌면 명조는 나와 입을 맞추고 싶다고 생각할지도 모른다. 내 손을 잡고 함께 집으로 돌아가고 싶다고 생각할지도.

다시 명조가 망가진 수정테이프 두 개를 들고 나를 찾아왔을 때, 나의 마음속에는 작은 불꽃이 살랑살랑 피어나고 있었다. 나를 바라보는 그의 얼굴은 새빨갰다.

손에는 바르네 제품의 펜형 수정테이프가 있었다. 은은하게 빛나는 살구색 몸체가 립스틱을 연상시키는 모델이었다. 같은 위치에 똑같은 네임 스티커가 붙어 있었다.

그의 떨리는 눈길이 지금까지 내 안에 꽁꽁 숨어 있던 무언가를 깨우고 있었다. 손가락이 잘 움직이지 않았다.

"이번에는 선배가 해 봐요. 옆에서 봐 줄게."

"그……그럴까?"

내 말을 들은 명조는 두께운 손가락으로 반셋을 집어 들었
다. 열중한 얼굴로 두 개의 릴을 응시하는 모습을 조용히 지켜
보았다.

"선배는 어떤 타입 여자애를 좋아해요?"

명조가 번쩍 머리를 들었다. 입을 벌리고는 어어, 한마디 말
도 하지 못한다. 얼굴도 아까보다 더 붉게 달아올랐다.

"티……티 났니?"

명조는 울 것 같은 얼굴로 잠시 수정테이프를 내려다보더니
서둘러 움켜잡고 교실을 뛰쳐나갔다. 친구들은 야유하며 팔꿈
치로 내 옆구리를 쿡쿡 찔렀다.

종일 일이 손에 잡히지 않았다. 도망치던 명조의 얼굴이 자
꾸만 눈앞에 어른거렸다.

방과 후 문자가 왔다.

> 글도 잘 쓰고, 똑똑하고, 생각도 남들하고 달라. 그래서 좋아.
> 아까 네 질문에 대한 대답.

핸드폰을 가방에 쑤셔 넣는 나의 발밑에서 폭탄이 폭발했다.
글도 잘 쓰고 똑똑하고 생각도 남다른 소녀 하나는 소년이 보

낸 문자 하나에 하늘 높이 내던져져 집 앞으로 떨어졌다. 무슨 정신으로 버스를 타고, 어떻게 걸어왔는지 기억이 없었다. 저녁밥을 먹는 중에도 귀가 멍멍했다. 아무 소리도 들리지 않았다. 집에 돌아온 동생들이 귀찮게 굴면서 그림을 그려 달라고 졸랐다. 엄마가 돌아올 때까지 쉬지 않고 그림을 그려 줬다.

"지난번에 네가 쓴 글 말이야. 감각이 있더라고. 우리 편집위원이 되어 보는 게 어떠니?"

사흘 뒤 문학 선생님이 물었다.

"편집장이 널 적극 추천했어."

가슴이 다시 세차게 뛰었다.

"교지 편집부는 목요일마다 모임이 있으니까 방과 후에 2학년 3반으로 오면 돼."

그 주 목요일, 지원군으로 단짝 친구를 한 명 대동하고 모임에 참석했다. 교실에는 2학년생 다섯 명과 1학년생 네 명이 앉아 있었다. 듣던 대로 2학년 중에는 명조가 유일한 남학생이었다. 명조는 나를 흘깃 보고는 고개를 까닥였다. 온몸에 전기가 찌릿하고 흘러 숨을 쉴 수 없었다.

긴장과 압박이 못처럼 머리에 쾅쾅 박혔다.

필사적으로 주위를 둘러보던 내게 수정테이프 하나가 눈에 들어왔다. 학기 끝 책상에 앉은 상급생이 들고 있는 수정테이프였다. 아주 마른 몸에 긴 머리를 어깨에 늘어뜨린 그녀는 여러 번 빤 행주처럼 혈색이 좋지 못했지만 퍽 우아해 보였다. 그녀가 쥐고 있는 수정테이프는 며칠 전 명조가 가지고 왔던 두 개의 수정테이프 중 하나였다. 고치기가 까다로웠지만 나는 여러 번 그 수정테이프를 고쳐 봐서 익숙했다. 윤세림 선배는 1학기부터 나를 자주 찾아와 수정테이프를 고치던 단골이니까.

"세림 선배 뭐 해요?"

복사된 교과서에 수정테이프를 죽죽 긋고 있는 모습이 낯설어 물었다. 명조가 싱긋 웃으며 대답했다.

"수정테이프 공부법이래."

"저게 공부법이라고요?"

"참고서나 교과서를 복사해서 수정테이프로 시운 뒤에 빠진 부분을 다시 쓰는 거야. 쓰고 다시 지우고, 쓰고 다시 지우고, 그러다 보면 중요한 부분은 거의 암기가 된대."

세림 선배가 말할 틈을 주지 않고 명조는 대변인처럼 계속 내게 설명했다. 중요한 부분을 지우며 읽고, 빈칸을 채우느라 또 보고, 다시 지우면서 외우고, 그런 식으로 반복해서 공부하는 방법인 모양이었다. 설명하는 명조의 얼굴이 하도 뻔해서 모를 수가 없었다.

나는 조용히 핸드폰을 집어 들고 명조가 이전에 보낸 문자를 확인했다. 예상대로 전에 명조가 보낸 문자에는 주어가 제대로 표현되어 있지 않았다.

꾹꾹 터치패드를 눌러 명조에게 문자를 보냈다.

> 윤세림 선배였구나? 대가 없이 수정테이프 고쳐 주고 싶었던 사람이?

문자를 확인한 명조의 얼굴이 붉어졌다. 그는 눈동자를 굴려서 나를 보더니 조심스레 고개를 끄덕였다.

잠자코 책상 위에 올려진 세림의 필통을 보았다. 필통을 보면 주인이 어떤 성향의 사람인지 금방 파악할 수 있다.

그녀의 필통은 단색의 천 필통이었고, 지퍼는 밑면과 평행하게 원을 그리며 둘려 있었다. 천 필통은 대개 옆면을 가로지르는 직선형 지퍼가 많다. 효율 면에서는 뚜껑처럼 열리는 지퍼를 가진 원기둥 필통이 가장 효율적이다. 지퍼만 열면 색색의 볼펜이 어디에 있는지 단번에 볼 수 있다. 직선형 지퍼를 가신 위기능 전 필통은 잡고자 하는 페이 안쪽에 있으며 손으로 더 적여 꺼내야 하는 시간의 낭비가 생긴다. 볼펜 두어 개를 달랑 가지고 학교에 오는 사람이라면 직선형 지퍼 필통도 무리가 없다. 그러나 펜을 여러 색으로 다양하게 쓰는 사람에게는 구하기는 어려워도 원형 지퍼 필통이 편리하다.

세림이 사용하는 수정테이프가 펜형이라는 점도 이상적이었다. 원형 지퍼 필통에 수납하기 좋은 최적의 형태였다. 필통 안에 들어 있는 투명 플라스틱 자는 폭이 짧은 격자무늬의 15센티미터 길이였다. 투명한 격자는 줄을 그을 때 평행을 쉽게 잡게 해 준다.

그녀의 필통을 차지한 필기구는 색색의 형광펜과 중성펜, 흑색과 적색, 청색의 얇은 볼펜이었다. 펜은 글씨를 썼을 때의 발색이 확실하지만 펜촉이 쉽게 휘고, 번지기도 해서 무던한 성격을 가진 볼펜보다 취급이 까다롭다.

아마 세림은 노트 필기에는 펜을 사용하고 수정테이프 스터디를 할 때에는 볼펜을 쓰는 모양이었다. 복사한 교과서의 중요 내용을 수정테이프로 칠한 상태에서 그 위에 암기한 내용을 덧쓰는 작업에는 펜보다는 쇠공이 구르며 잉크를 흘려보내는 볼펜이 적합하다. 세림은 계획적이고, 구조화된 작업을 좋아하고, 민감하고 예민한 타입이다.

나는 명조를 쳐다보았다. 마블의 아이언맨 철제 필통을 가지고 다니며, 안에는 제트스트림 3색 볼펜 한 자루뿐이고, 책가방을 메고 걸어갈 때면 덜그럭거리는 소리를 내는 그를. 명조의 수줍은 미소가 심장을 향해 예리한 독침처럼 날아들었다. 처음에는 아무렇지 않았지만 시간이 지날수록 가슴이 뻐근했다.

모임이 끝난 뒤에도 나는 교지 편집부에 신청서를 제출하지 않았다. 명조와 문학 선생님이 재능까지 들먹이며 설득했지만 결심은 확고했다. 돌아오는 길, 나는 계속 친구에게 변명했다.

"알지? 나는 명조 선배한테 요만큼도 관심이 없어. 그런데 다들 명조 선배가 날 좋아한다니까 불쌍해서 나갔던 거야."

"그럼 알지."

친구가 맞장구를 쳤다. 명조는 내 착각을 몰랐을 텐데도 한없이 비참했다. 혹시 오해를 풀기 위해서 일부러 나를 교지 편집부로 초대한 건 아닐까. 아니라는 걸 알면서도 엉뚱한 생각을 멈출 수 없었다.

명조는 이제 수정테이프를 혼자서 고칠 수 있었다. 다음 날부터 그는 더 이상 찾아오지 않았다. 나는 종일 그의 생각을 하며 원망을 품었다.

명조가 고백했어도 거절했을 텐데, 다른 아이를 좋아하고 있
으니 차라리 잘된 일인데, 마음이 가만있지를 않았다. 질투와
배신감이 연못에 버려진 쓰레기처럼 마음속을 둥둥 떠다녔다.

식당에서 우연히 마주쳤을 때는 반가이 손을 흔드는 명조를
보고 그대로 고개를 돌렸다. 얼굴을 마주한 채로 간단한 대화
를 나눌 정신적인 여유가 없었다. 목요일에는 컴퓨터실에서 수
업을 끝마치고 나오다가 다시 맞닥뜨리기도 했다. 사지가 뻣뻣
하게 굳어서 도망쳐 버리고 말았다.

주말 저녁, 명조에게서 전화가 걸려 왔다. 바깥인 듯 자동차
가 지나는 소리, 사람들의 말소리가 배경으로 들렸다.

"저기 잠깐 얼굴 좀 볼 수 있을까?"

"저 교지 편집부 안 들어가요."

"그게 아니라 할 말이 있어서 그래……."

"연애 상담이라도 받으시려고요?"

"아니야, 그런 거."

그의 반응에서 당황함이 묻어났다.

"별 얘기는 아니고."

서로 먼 곳이 아니라서 중간 지점에 위치한 아파트 단지의
놀이터에서 보기로 했다. 이십 분 뒤 장소에 나가 보니 명조가

시소 위에 앉아 핸드폰을 보고 있었다. 내가 다가가는 발자국 소리를 듣고 펄쩍 일어섰다.

가로등 조명 아래에서 보이는 명조의 얼굴은 참으로 명조다웠다. 특별히 잘생기지도 않았고, 유달리 못생기지도 않았다. 백마 탄 왕자님은 아니지만, 가식적인 바람둥이도 아니다. 맹목적인 연심이나 반감을 가질 수 없는 사람이었다.

"할 말이라는 게 뭐예요?"

그는 손바닥을 연신 등에 문지르며 물었다. 그의 표정과 말 속에는 어떤 기대감이 서려 있었다. 확실히 별로 친하지 않은 사이에 밤에 일부러 불러낸 일은 자연스럽지 못하다.

"혹시, 너 나 좋아했어?"

너무 놀라 아무 말도 하지 못했다. 분개하는 내 표정을 읽고 명조는 서둘러 질문을 바꿨다.

"아니면, 내가 너를 좋아한다고 생각했니?"

이전 질문보다는 무례하지 않은 물음이었다. 얼굴에는 배려와 진심이 담겨 있었다. 아닌 척하고 싶은 유혹이 속에서 거세게 물결쳤다. 그러나 그러기에는 너무 지쳐 있었다. 솔직하게 털어놓고 이야기를 나누고 싶은 마음도 들었다.

"1학기 때 세림이가 자기 수정테이프 고치려고 너를 찾아갔을 때 나 보지 않았어? 복두에서 멀찍이 서 있는 나랑 눈이 마주쳤었잖아. 난 네가 벌써 알고 있는 줄 알았어. 그런데 모임 이후로 자꾸 날 피하는 것 같아서 그날 너랑 같이 왔던 애한테 물어봤더니……."

"선배가 자꾸 찾아왔잖아요!"

격앙된 감정에 목소리가 떨렸다.

생전 처음 야심한 밤에 남자와 단둘이 만나 들은 말이 '너 안 좋아해. 미안해'라는 말이었다. 마음속에서 가상의 시소가 올라갔다 내려갔다. 한쪽에는 명조가 날 좋아하지 않아서 생긴 실망감이 앉아 있었고, 반대편에는 상처 난 내 자존심이 만들어 낸 분노가 자리해 있었다. 실망과 분노는 서로 멈출 줄 모르고 시소 놀이를 계속했다.

"선배가 왜 미안해 해요? 오해한 내 잘못인데. 그 말 하려고 불러낸 거예요?"

내가 조금 신경질적으로 말했다. 명조는 놀랐는지 나를 똑바로 바라보았다. 가로등 빛 아래에서 그의 눈동자가 유난히 크게 느껴졌다.

무슨 말을 어떻게 해야 할지 몰라서 나도 뚫어지게 그를 마주 보았다.

영화나 드라마였다면 주제음악이 나오고 크레딧이 올라갈 만한 장면이 연출되었다. 두 주인공이 오해를 풀고 감정에 취해 키스를 주고받아도 괜찮을 구도였다. 그러지 않을 거라는 걸 알면서도 심장은 사정없이 쿵쿵 뛰었다.

궁지에 몰린 명조의 눈에 눈물이 고였다.

"지금 울어요?"

"안 울어."

참 심약한 사람이었다. 이러니 좋아하는 사람에게 잘 보이려고 수정테이프나 고치러 다니고, 제멋대로 오해한 후배의 마음을 위로해 주다가 혼이 나는 것이나. 눈앞에서 남자가 우는 모습을 본 나는 속으로 혀를 끌끌 차며 닦을 것을 찾았다. 다행히 학원 홍보물로 받았던 일회용 휴지가 크로스백에 들어 있었다.

"울지 마요. 추해요."

"소리 지르지 마. 내 마음이 얼마나 불편했다고. 네가 나 때문에 상처받을 줄 몰랐어. 너는 사람들을 잘 다루고, 인기도 많고, 인간관계도 능수능란하잖아. 애들이 너를 얼마나 좋아하냐?"

코를 풀며 우는 명조는 참 꼴사나웠다. 훌쩍대는 소리가 내 마음을 누그러뜨렸다.

"하나두 안 그럴거드요."

애들은 드워프를 재미있어 하는 거지, 이은애를 좋아하는 게 아니었다.

하늘에는 별 하나 떠 있지 않았고 나란히 앉은 그네에서는 삐걱대는 소리가 났다. 그의 몸에서 풍기는 바디클렌저 냄새가 좋았다. 라벤더 향이었다. 그래도 이성을 만난다고 단장하고 나온 걸까. 아니면 잘 때가 되었으니까 겸사겸사 씻은 걸까. 위아래 세트로 입은 트레이닝복은 브랜드 제품으로 깔끔했다.

"그 선배랑은 언제부터 알았어요?"

나는 물었다.

"세림이? 같은 아파트 아래층에 살아서 자주 봤어. 중학교도 같이 다녔고."

교복을 입은 두 사람이 엘리베이터에 안에 같이 있는 모습이 머릿속에 생생하게 떠올랐다. 어색한 침묵이 둥둥 떠 있고, 버튼을 누르다가 실수로 손가락이 닿아 얼굴을 붉혔다가 문이 열리면 세림이 먼저 바깥으로 나간다.

"많이 좋아하나 봐요. 둘이 안 어울리는데……."

"나도 알아. 그런데 어떻게 해? 자꾸 생각이 난단 말이야. 귀신에 씐 것 같아."

"시원하게 고백을 해요. 수정테이프 고쳐 준다고 변죽 치지 말고."

그가 단번에 차이는 상상을 하자 마음이 후련해졌다. 그러나 명조는 조용히 털어놓았다.

"걔는 날 좋아하지 않아. 눈이 마주치면 날 피해."

그냥 보기에도 세림은 명조에게 관심이 없었다. 그걸 명조가 알고 있을 줄은 몰랐다.

"그럼 자연스럽게 말을 걸려고 나한테 기술까지 배운 거예요?"

"한 번이라도 더 얼굴을 볼 수 있잖아."

명조는 내가 제 사랑의 순수함에 감동한 얼굴을 하길 바라는 눈치였다. 사랑에 빠진 소년의 얼굴은 그저 한심해 보였다. 이전까지 바람 빠진 풍선처럼 부풀어 있던 마음도 차분해졌다.

내가 고대했던 무언가가 그에게는 없다는 걸 깨달았기 때문인지도 모른다.

명조 안에 지순한 소년이 있듯이, 내 안에도 철부지 소녀가 살고 있었다. 그가 순수한 사랑을 꿈꾸었다면, 나는 불같은 사랑을 동경해 왔다.

자존심 같은 건 내다 버릴 정도로 뜨거운 마음의 열정, 아침

부터 ▨▨▨▨▨ 그 ▨▨▨▨ ▨▨▨ ▨▨▨▨, ▨▨▨ ▨▨ ▨
서 한시라도 사랑을 표현하지 않으면 죽을 것 같은 고통을 느
끼는 일. 말하기도 민망하지만 내가 기대했던 사랑이란 그런
것이었다. 명조의 순수하고 아름답기만 한 사랑에는 흥미가 없
었다.

"겁쟁이라고 욕해도 좋아. 하지만 불편한 관계가 되는 건 싫
었어."

명조는 무감각한 나의 표정을 읽고 해명했다. 순수한 사랑을
실현하기 구차스러운 것처럼 어차피 내가 갈구하는 격정적인
사랑도 현실에서 어려웠다. 나는 남은 휴지를 크로스 백에 집
어넣고 명조와 헤어져 걸었다.

집으로 돌아오는 동안, 놀이터에서 함께 나누었던 말이 다시
금 머릿속에서 반복되었다. 실수한 말은 없었는지, 오해할 여
지는 없었는시 계속 되짚어 보았다. 이불을 덮고 잠을 자는 동
안에도 라벤더 향기는 여전히 코끝을 간질였다.

다음 날에도 드워프는 평상시처럼 커피를 팔고, 고객들이 부
탁하는 물건들을 고쳤다. 말끔하게 고쳐진 수정테이프를 받아
든 고객들은 고맙다는 듯 웃어 보이고는 떠나갔다.

드워프는 평소답지 않게 자꾸만 교실 뒷문을 돌아보았다. 괜

히 필통을 열어 안에 든 물건도 정리했다. 다이소에서 산 투명 필통에는 다색 볼펜 한 자루와 펜텔 샤프, 샤프심, 지우개, 바른 손 수정테이프만 깔끔하게 들어 있었다. 이상한 만족감이 마음을 스치고 지나갔다.

'내 필통이 명조 선배랑 좀 더 어울리는 것 같은데? 세림 선배 필통보다는야.'

그순간 여전히 그네를 타고 있는 것처럼 발밑이 흔들렸다. 눈물까지 보이면서 민망해 하던 얼굴도 자꾸 떠올랐다.

'정말 별 볼 일 없어.'

아무리 비웃어도 한심한 소년은 머릿속에서 나가지 않았다.

수업이 끝날 무렵 명조는 망가진 볼펜을 들고 찾아왔다. 조금 주눅 든 얼굴이었다.

드워프가 아닌 이은애가 자리에서 벌떡 일어섰다.

어린 시절 저희 부모님은 이렇게 말씀하시곤 했습니다.

"사실 엄마는 내 타입이 아니다."

엄마도 질세라 말씀하셨지요.

"아빠 같은 남자랑 결혼할 줄 몰랐지."

자식 앞에서 그런 이야기를 주고받는 심리는 무엇일까요? 잉꼬 부부까지는 아니더라도 부모님은 40년 그럭저럭 잘 사셨는데 말입니다. 어른이 된 뒤에는 친구들에게서 비슷한 말을 많이 듣게 되었어요. 정반대로 제가 말할 때도 있었지요.

"네가 그 사람이랑 만날 줄은 몰랐어."

이런 대화 속에 관계의 아름다움이 포함되어 있다는 걸 저는 나중에서야 깨우쳤습니다.

사람들은 제각기 자기가 꿈꾸는 사랑의 형태와 이상형을 간직

하고 살지요. 막상 결과는 그와 동떨어진 경우가 많아요. 그걸 체념이나 타협이라고 보고 비웃는 사람들이 있더라고요.

그러나 우리를 진짜로 병들게 하는 건 대중매체 속 가공된 사랑이고, 엄청난 노력 끝에 가꿔진 외모를 당연하게 여기는 태도라고 생각합니다. 어쩌면 부모님이 제 앞에서 하셨던 말은 연인끼리의 밀어(密語)가 아니었을까요? 해독하자면 '당신이 너무 매력적이라서 내 취향까지 바뀌었어'라는 뜻인 거지요.

반대로 마음에 쏙 드는 사람을 만나는 사람들도 있어요. 꿈꾸던 사람을 만나는 일도 감동적인 일이에요.

비극은 평생을 살아도 사랑에 빠지지 못할 때 일어납니다. 모두에게 행운이 있길.

박하익

진형민

동화작가. 간간이 청소년소설도 쓰고 있다. 그동안 펴낸 책으로 『기호 3번
안석뿡』, 『꼴뚜기』, 『소리 질러, 운동장』, 『우리는 돈 벌러 갑니다』, 『사랑이
훅!』 등이 있다.

람부탄

"어? 너, 너 세디게……."

오미드가 쩍 벌어진 입을 다물지 못했다. 세디게는 눈을 잔뜩 내리깔고 모르는 척 오미드를 지나쳐 갔다. 오미드가 너, 너, 하며 말을 잇지 못한 것은 동네에서 멀리 떨어진 시내 쇼핑몰에서 갑자기 세디게와 마주쳤기 때문이 아니다. 세디게는 히잡을 쓰고 있지 않았다.

무슬림 여자들은 집밖으로 나갈 때면 항상 히잡으로 머리카락을 가리고 팔다리가 보이지 않는 긴 옷을 입어야 했다. 하늘이 무너져도 꼭 지켜야 하는 계율이었다. 오미드는 세디게의 뒷모습을 멍하니 바라보았다. 세디게가 걸음을 옮길 때마다 구불구불한 갈색 머리가 출렁였다. 세디게는 팔이 다 드러나는 짧은 소매 옷까지 입고 있었다. 도저히 있을 수 없는 일이었다.

세디게는 화장실에서 다시 히잡을 꺼내 썼다. 가방 안에 구겨 넣었던 긴팔 셔츠도 서둘러 껴입고 단추를 채웠다. 히잡을 벗고 다니면 기분이 어떨까 문득 궁금했을 뿐, 더럽고 나쁜 생각을 한 적은 맹세코 없었다. 그런데 하필 여기서 오미드를 만나다니! 세디게가 무겁고 긴 한숨을 내쉬었다. 이제 학교에 소문나는 건 시간문제였다. 엄마는 한동안 고개를 못 들고 다닐 테고, 오빠는 또 무서운 얼굴로 세디게에게 달려들어 뺨을 올려붙일지 모른다.

'오미드 자식, 처음부터 재수없더니 끝까지 따라다니면서 괴롭혀.'

세디게가 입술을 꽉 깨물었다.

버스는 시내를 한 바퀴 돌아 세디게 집이 있는 동네로 접어들었다. 버스가 멈춰 시자 세디게가 가방을 챙겨 내렸다. 세디게는 그새 헐렁해진 히잡을 다시 꼭꼭 여몄다.

이 골목에는 체류 기간이 지난 아프가니스탄 사람들이 쉬쉬하며 모여 살고 있다. 세디게 가족도 작년 이맘때 공항에서 짐을 찾아 곧장 이리로 왔다. 엄마는 비행기 표를 구하느라 가진 돈을 다 털었고, 무엇보다 이 나라 사람들 말을 한마디도 알아들을 수 없었다. 낯선 땅에서 몸을 의지할 수 있는 이들은 아프간 사람뿐이었다.

골목 안쪽에 사람들이 웅성대며 모여 있었다. 엘함이 세디게를 보고 뛰어왔다.

"어떡해. 너희 오빠 또 쓰러졌대. 가게 사람이 집까지 업고 왔어."

세디게는 사람들을 헤치고 집 안으로 들어갔다. 때에 절어 누르스름한 매트리스 위에 오빠가 눈을 감고 누워 있었다. 엄마는 동네 아줌마들에게 둘러싸여 눈물을 찍어 내느라 세디게가 온 줄도 몰랐다.

문 옆에 기대 서 있던 남자가 세디게를 보더니 알은척 눈인사를 하고 밖으로 나갔다. 오빠한테 갔다가 몇 번 본 적 있는 사람이었다. 세디게는 따라 나가 인사라도 할까 하다가 그만두었다. 골목에는 보는 눈이 많았고, 사람들은 별것 아닌 일까지 시시콜콜 입소문을 냈다.

오빠가 벽 쪽으로 돌아눕자 매트리스에서 삐걱삐걱 소리가 났다. 오빠는 이제 일을 할 수 없을 거라고 세디게는 생각했다. 지난번에 쓰러졌을 때도 사정사정하여 겨우 버텼다고 했다.

오빠는 큰길가에 있는 동네 식당에서 일은 했다. 아프간 사 람치곤 영어에 능숙했고 말레이 말도 곧잘 했기 때문이다. 일 은 남들보다 많이 하는데 돈은 한참 덜 받는다고 오빠가 한 번 씩 투덜대면 엄마는 배부른 소리 말라며 대번에 말을 잘랐다. 세상에 없는 듯이 살아가는 난민들에게 제대로 된 월급을 주는 사장은 어디에도 없었다. 오빠 월급의 절반만 받고도 군소리 없이 일하는 아프간 사람들이 사방에 넘쳐났다.

"내가 네 숙제까지 해 갈게. 걱정 말고 오빠 챙겨."

엘함이 세디게를 안고 뺨에 입을 맞췄다. 엘함의 품은 언제 나처럼 따뜻했다.

세디게는 아침 내내 학교에 갈지 말지 망설이다가 늦게 집 을 나섰다. 오빠도 오빠지만 오미드가 자꾸 마음에 걸려 발이 안 떨어졌다. 사람들이 그 일을 따져 물으면 당장 뭐라고 해야 할지 막막하기만 했다.

처음부터 작정하고 시내에 나간 것도 아니었다. 시장에 갔 다가 길바닥에 떨어진 교통카드를 주웠고, 아무리 둘러봐도 주 인이 보이지 않았고, 카드 안에 돈이 얼마나 남았는지 궁금해 서 잠깐 버스에 올라탔을 뿐이다. 그러다 문득 정신을 차려 보니 버스가 시내 한복판을 지나고 있었다. 세디게는 높은 건물과 화려한 간판 들에 홀려 자기도 모르게 버스에서 내리고 말았다. 이상하게 가슴이 뛰고 걸음이 가벼웠다. 사람들은 정신 없이 거리를 지나갔고 아무도 세디게를 처다보지 않았다. 갑자기 뭐든 할 수 있을 것 같은 생각이 들었다. 그래서 잠깐, 아주 잠깐 그런 짓을 하고 말았다.

'신은 나를 용서하시겠지만 사람들은 그렇지 않을 거야.'

세디게는 주머니 속의 교통카드를 만지작대며 걷다가 학교 앞 쓰레기 더미 위에 얼른 던져 버렸다.

세디게가 교실 문을 살짝 열었다. 깐깐하기로 소문난 영어 선생님이 세디게를 잠깐 흘겨보더니 수업을 계속했다. 세디게는 엘함 옆 빈자리에 가서 앉았다. 특별히 힐끗대는 아이도 없고 엘함도 싱긋 웃고는 다시 칠판을 바라보았다. 오미드가 아직은 입을 놀리지 않은 듯했다.

숙제 검사 시간에 엘함이 세디게에게 글자가 빼곡히 적힌 종이를 내밀었다. '나의 꿈'에 대해 영어로 작문해 오는 것이 지난 시간 숙제였다.

'나는 나중에 스튜어디스가 되고 싶습니다. 비행기 타는 걸 좋아하기 때문입니다.'

세디게는 엘한이 대신해 준 숙제를 읽다가 피식 웃고 말았
다. 세디게는 태어나서 비행기를 딱 한 번 타 봤고, 귀가 터질
것처럼 아파서 끔찍하게 고생을 했다. 이란에서 이곳 말레이시
아로 건너올 때였다.

이란 국경에는 나라 밖으로 탈출한 아프간 사람들이 많았
다. 전쟁을 피하려면 어쩔 수가 없었다. 하지만 이란 정부는 난
민들에게 발급한 체류 허가서를 연장해 주지 않았고, 사람들
은 다시 갈 곳을 찾아 헤매야 했다. 그중 한 무리가 임시 비자
를 받아 말레이시아로 건너왔다. 운이 좋으면 대사관 인터뷰
를 통해 호주나 유럽으로 갈 수도 있다는 소문이 사람들을 들
뜨게 했다. 그러나 세디게는 지금껏 인터뷰했다는 사람을 한
명도 보지 못했다. 짧은 체류 기간이 끝나고 다시 발이 묶인
아프간 사람들은 말레이시아 구석구석으로 기약 없이 숨어들
었다.

세디게는 쉬는 시간 종이 울릴 때마다 도서실로 뛰어들어
가 밖으로 한 발짝도 나오지 않았다. 도서실은 오미드가 절대
로 오지 않는 곳이었다. 세디게는 계속 가슴 졸이며 오미드
를 피해 다녔다. 세디게 얼굴을 보면 오미드 머릿속에 그 일
이 번뜩 떠오를 테고, 그러면 틀림없이 "세디게가 말이야" 하

면서 큰소리로 떠들어 댈 것만 같았다. 그러다 화장실 앞에서 오미드와 딱 마주치고 말았다. 세디게 얼굴이 확 달아올랐다. 그런데 오미드가 좀 이상했다. 마치 그 일을 까맣게 잊어버린 사람처럼 멀뚱멀뚱 세디게를 쳐다보더니 그냥 밖으로 나가 버렸다.

'오빠가 아프다는 얘기를 듣고 나를 가엽게 여기는지도 몰라.'

세디게가 가슴을 가만히 쓸어내렸다.

세디게 엄마는 학교 청소 일을 시작했다. 달리 방법이 없었다. 오빠는 결국 일자리를 잃었고 집세며 약값을 대려면 당장 돈이 필요했지만, 아프간 말밖에 모르는 나이 든 여자에게 선뜻 일을 주는 사람은 없었다. 교장 선생님이 세디게네 딱한 사정을 알고 청소 일을 내주지 않았다면 세디게라도 나서서 허드렛일을 찾아봐야 할 형편이었다.

엄마는 원래 학교를 좋아하지 않았다. 처음 세디게가 학교에 가고 싶다고 했을 때도 뱃속에 바람 든 계집애라고 몇 날 며칠 욕을 해댔다. 학교를 만든 사람들이 무슬림이 아니었기 때문이다. 종일 집에서만 뒹굴던 아프간 아이들에게 영어와 셈법을 거저 일러 주는 건 다행한 일이었지만, 난기에 어기를 한 교실에 앉혀 놓고 가르치는 건 아무래도 탐탁치가 않았다.

학교를 다니면서 세디게는 오빠에게 더 자주 말대꾸를 했고, 그때마다 오빠는 분을 참지 못하고 온 동네가 시끄럽게 큰소리를 냈다. 엄마는 이 모든 분란이 학교 탓이라고 생각했다.

세디게는 이제 수업이 끝나도 집에 가지 못하고 엄마 일을 도와야 했다. 조잘대며 노는 아이들 옆에서 화장실 청소를 하면 속이 터질 것 같았다. 그렇다고 그냥 가 버릴 수도 없었다. 교장 선생님과 엄마가 무슨 얘기든 하려면 세디게가 중간에서 통역을 해야만 했다. 선생님은 세디게가 엄마 말을 영어로 전할 때마다 틀린 문장을 콕 집어내 바르게 고친 다음, 다시 말해 보라고 했다. 아이들이 옆에서 그 모습을 나 지켜보았다.

세디게가 엘함네 집 문을 열고 들어갔다. 잠깐 푸념이나 좀 하고 갈 생각이었다. 세디게는 시장에 가는 길이었다. 엄마가 감자를 사 오라고 했다. 속에 감자를 넣은 아프간 빵 볼라니는 오빠가 제일 좋아하는 음식이다. 요즘 세디게는 마음 편히 있을 곳이 없었다. 집에 가면 아픈 오빠가 누워 있고, 학교에 가면 오미드가 떠들며 활개치는 모습을 봐야 했다. 어디를 가나 답답하기는 마찬가지였다.

엘함이 세디게를 보자마자 손을 잡아끌고 방으로 들어갔다. 엘함 집에는 컴퓨터가 있었다. 같이 사는 삼촌과 고모가 모두 일을 하고 있고, 호주로 건너간 친척도 가끔 돈을 부친다고 했다.

"내가 끝내주는 걸 찾았어."

엘함이 인터넷에서 동영상을 찾아 틀었다. 세디게 눈이 휘둥그레졌다. 화면 속에서는 히잡을 쓴 여자들이 무대에서 랩을 하고 있었다. 짙은 화장을 하고 몸을 흔들며 빠르게 말을 쏟아내는 사람들은 분명 무슬림 여자들이었다.

"당신이 들어야 할 말, 내 안의 숨겨진 진실, 누가 내 입을 틀어막나, 그 손 치워! 당장 치워!"

무대 아래 사람들이 환호성을 질렀다. 화면에 '무슬림 시스터즈'라는 글씨가 떴다 사라졌다.

"저기가 어디야?"

"미국."

엘함이 거울 앞에서 고모 립스틱을 바르며 대답했다. 엘함은

투마 나면 그 무 웃음 께네 인그 처 상품을 흐처 빌깄다. 엘텀 고
모는 시내 화장품 가게에서 점원으로 일했고, 동네 아줌마들의
화장품 심부름을 도맡아 했다. 엘함이 세디게를 돌아봤다. 입
술이 꽃잎처럼 빨갰다.

"우리도 나중에 미국 가서 살자."

"그래. 그러자."

엘함이 같이 가서 살자는 나라는 하루가 멀다 하고 바뀌었
다. 어느 날은 호주로 가자고 했다가 또 어느 날은 호주보다 프
랑스가 백배는 더 좋은 곳이라고 했다. 세디게는 그때마다 무
조건 그러자고 했다. 엘함이 있는 곳이면, 오래오래 살 수 있는
곳이면 어디라도 상관없었다.

세디게가 감자를 한 봉지 사서 들고 옷 가게 앞에 멈춰 섰다.
빈짝이 구슬이 달린 청바지가 아직 그 자리에 걸려 있었다. 세
디게는 시장에 올 때마다 이 바지를 보러 일부러 옷 가게에 들
렀다. 바지를 사고 싶다는 생각을 한 적은 없었다. 그냥 아무도
사 가지 않기를 바랄 뿐이었다.

"바지 사려고?"

세디게가 흠칫 놀라 돌아봤다. 검은 머리의 남자가 세디게를

보고 웃었다. 아픈 오빠를 집까지 업고 왔던 식당 사람이었다. 세디게가 아니라고 얼른 고개를 내저었다.

남자는 한손을 바지 뒷주머니에 꽂고 다른 손으로는 채소가 가득 담긴 비닐봉지를 들었다. 녹색 채소들 사이로 붉은 람부탄 한 묶음이 고개를 내밀고 있었다. 람부탄은 촉수처럼 긴 털로 뒤덮인, 아이 주먹만 한 열대 과일이다.

"오빠는 좀 어때?"

"오빠는……, 이제 괜찮아요."

사실은 괜찮지 않았다. 오빠는 여전히 어지럼증에 시달렸다. 하지만 매일 약을 한 움큼씩 먹으며 버틸 뿐, 병원 갈 엄두를 내지 못했다. 골목 사람들은 누구나 다 그랬다.

"람부탄 좋아해?"

남자가 갑자기 물었다. 세디게는 그제야 자기가 계속 람부탄을 보고 있었다는 사실을 깨달았다. 남자는 채소 다발이 든 봉지를 바닥에 내려놓더니 람부탄을 하나 떼서 바지에 대고 툭툭 털었다. 세디게는 남자가 하는 짓을 가만히 바라보았다. 남자는 빙긋이 웃으며 람부탄 가운데쯤을 엄지손톱으로 꾹꾹 눌러 틈을 벌리기 시작했다. 남자의 손길이 지날 때마다 붉은 껍질이 벗겨지고 하얀 속살이 드러났다. 달큼한 냄새가 훅 건너

있다. 남자가 땡겨 줄게 껍질을 깐 람부탄을 내밀었다. 세디게
는 얼떨결에 람부탄을 받아 들었다. 남자가 다시 짐을 챙겨 들
며 말했다.

"식당에 놀러 와. 어딘지 알지?"

"네."

세디게가 겨우 대답했다. 집에 가려면 신호등 없는 큰길을
건너야 했다. 차들이 속도를 줄이지 않고 달려서 사고가 많
은 곳이었다. 세디게는 큰길을 어떻게 지나왔는지 생각이 나
지 않았다. 골목에 접어든 뒤에야 걸음을 멈추고 숨을 몰아
쉴 수 있었다. 손에는 아직 입도 대지 않은 람부탄이 그대로
있었다.

세디게는 담벼락에 등을 대고 한참을 서 있었다. 람부탄을
먹고 싶은지, 먹고 싶지 않은지, 자기 마음을 알기 어려웠다. 세
디게가 람부탄을 천천히 입에 가져다 댔다. 하얀 과육이 혀에
닿자 단맛이 확 감겨들었다. 지독한 달달함이었다. 세디게가
앞니로 람부탄을 한입 베어 물었다. 축축한 살점이 입속으로
미끄러져 들어왔다. 세디게는 갑자기 온몸이 찌르르하고 다리
에 힘이 풀렸다.

끼이익.

자전거 멈추는 소리가 났다. 세디게가 람부탄을 얼른 삼키고 소리 나는 쪽을 돌아봤다. 오미드가 한쪽 발끝으로 땅을 짚은 채 자전거 위에 앉아 있었다. 세디게 눈썹이 곤두섰다. 세디게는 당분간만이라도 오미드를 안 보고 살고 싶었다. 하지만 좁은 골목에 다닥다닥 붙어사는 처지라 하루에도 몇 번씩 마주칠 수밖에 없었다.

"뭘 봐?"

세디게가 따지듯 물었다.

"아무것도 안 보는데?"

세디게는 오미드의 대답이 마음에 들지 않았다. 사람을 빤히 내려다보고 있으면서 아무것도 안 보다니, 말도 안 되는 소리였다. 세디게가 한마디 더 쏘아붙이려다가 입을 다물었다. 요즘 오미드한테 자꾸 뭔가를 들키는 것 같아 괜히 기가 죽었다.

"맛있냐?"

오미드가 세디게 손에 있는 람부탄을 턱으로 가리켰다.

"그래, 맛있다. 왜!"

세디게가 홱 돌아서 엘함 집 쪽으로 뛰어갔다. 엄마가 늦었다고 잔소리할 게 뻔했지만, 엘함에게 람부탄 얘기를 다 털어

놓지 않으면 가슴이 터져 버린 것 같았다.

세디게는 더 가까이 가려는 엘함을 붙잡아 세우느라 진땀을
뺐다. 조금만 더 가면 그 남자 눈에 뜨이고 말 텐데, 엘함이 자
꾸만 앞으로 나아가려 했다.

"잘 안 보여서 그래."

엘함은 눈이 안 좋았다. 칠판 글씨도 흐릿하게 보인다고 했
다. 선생님은 엘함에게 안경을 써야 한다고 충고했지만, 엘함
은 눈을 가늘게 뜨면 다 잘 보인다고 우겼다. 그러고는 필기할
때마다 세디게에게 공책을 보여 달라고 했다. 안경 사 달라고
하면 당장 학교를 그만두라고 할 텐데 어떻게 그 말을 꺼내느
냐고, 세디게에게만 속 얘기를 했다.

세디게와 엘함은 식당이 멀리 보이는 곳에 서 있었다. 벌써
한 시간째 식당 쪽을 힐끔대는 중이있다. 엘함이 또 물었다.

"지금은 뭐 하고 있어?"

"꼬치 구워."

"아직도?"

"어, 아직도."

남자는 식당 앞에 서서 고기 꼬치를 굽고 있었다. 불 위에 얹

은 고기가 구워질 동안 새 꼬치에 고기 조각을 꿰고, 틈틈이 고기가 타지 않게 뒤집고, 다 익은 고기를 불에서 내리고, 빈자리에 새 꼬치를 또 올렸다. 지루하게 반복되는 일이었다.

"눈은 커?"

"아니. 크지 않아. 그런데 눈이 계속 웃고 있어."

"착한 사람인가 보다. 코는 어떻게 생겼어?

"코는 동글동글해. 가끔 코를 찡그려. 버릇인가 봐."

"입은?"

"입은……."

세디게가 남자 입술을 유심히 보다가 저 혼자 놀라 고개를 숙였다. 람부탄을 또 한입 베어 문 것처럼 가슴이 두근두근했다.

"입은 어떻게 생겼냐니까?"

"몰라. 이제 가자."

집에 돌아오는 길에 엘함이 한 가지 계획을 세웠다. 이번 토요일에 그 식당에 가서 같이 저녁을 먹자고 했다. 고모를 졸라 용돈을 좀 받으면 국수 두 그릇쯤은 사 먹을 수 있다고, 돈 걱정은 말라고 큰소리를 쳤다. 세디게에게도 돈이 조금 있었다. 시장에 엄마 심부름 다니며 생긴 부스러기 돈을 아무도 몰래 모아 두었다. 고기 꼬치 두 개 값은 될 것 같았다.

세디게가 깁에 이 보기 부엌에 람부탄이 한 묶음 놓여 있었다. 좀 전에 오미드가 가져온 거라며, 엄마가 오미드 칭찬을 늘어놓았다. 요즘 젊은것들은 사내애 계집애 할 것 없이 속에 헛바람이 들어 날뛰는데 오미드는 마음이 신실하여 어려운 이웃을 제 몸처럼 돌본다고, 이 골목에 정신이 똑바로 박힌 애는 오미드밖에 없다고 했다. 람부탄 한 묶음에 칭찬이 과했다. 세디게는 오미드가 예배 시간에 자전거 타고 큰길 돌아다니는 걸 봤다고 말할까 하다가 그만두었다. 토요일 저녁에 외출을 하려면 당분간 고분고분 지내는 편이 나았다.

세디게가 히잡을 벗다 말고 혼자 얼굴을 찡그렸다. 생각할수록 오미드 하는 짓이 어이없고 화가 났다. 자기를 놀리는 게 틀림없다고 생각했다. 세디게가 처음 학교에 왔을 때, 오미드는 사사건건 세디게의 비위를 건드렸다. 세디게 영어 발음이 좀 어눌하고 이상하긴 했시만 그래도 번번이 키득대며 웃는 아이는 오미드뿐이었다. 학교 후원자들이 보내 준 피자를 나눠 먹던 날에도 세디게가 생전 처음 먹는 피자를 들고 신기해 하자, 오미드가 "아유, 촌뜨기!"라고 큰소리로 말해 세디게를 무안하게 했다.

세디게가 다른 여자애들처럼 가만있지 않고 때마다 대거

리를 해서 일이 더 커지기도 했다. 여자애들은 일고여덟 살만 되면 새삼 남자 여자를 따지며 제 식구 아닌 남자들과 말 섞는 일을 피했다. 세디게도 대체로 그러려고 노력했다. 그런데 오미드만 옆에 있으면 자꾸 목소리 높일 일이 생겼다. 오미드는 일부러 말꼬리를 잡아 시비를 걸고, 히잡을 잡아당기고, 영어 말투를 따라 하며 킬킬거렸다. 엘함은 그냥 참으라고 하지만 세디게는 그럴 수가 없었다. 딴 사람은 몰라도 오미드한테만은 그러고 싶지 않았다. 세디게와 오미드는 하루에도 몇 번씩 눈을 치켜뜨고 실랑이를 했다. 한번은 서로 어깨를 밀치며 싸우다 교장 선생님한테 걸려 온종일 교실 밖에 서 있기도 했다.

그래 놓고 이제 와서 점잖은 척 오빠 병문안을 다녀가다니, 도무지 속을 알 수 없는 녀석이었다. 지난번 그 일을 계속 모르는 척하는 것도 못내 수상쩍었다. 무슨 꿍꿍이가 있는 것만 같았다.

'어디 멋대로 해 보라지. 누가 가만있을 줄 알고.'

세디게가 머리를 모아 질끈 묶었다. 학교 숙제가 많았다. 계속 오미드 생각만 하고 있을 수는 없었다.

시간이 더디게 흐르기 거〜 도요일이 되었다. 세디게는 오전 내내 집 청소를 하고 요리를 했다. 기도 시간에 기도도 열심히 했다. 엄마 눈에 나지 않도록 말대꾸도 일절 하지 않았다. 그런 다음 정성들여 머리를 감고, 하나밖에 없는 청바지를 꺼내 다리고, 블라우스 색깔에 맞춰 히잡을 골랐다. 혹시 몰라서 다른 색깔 히잡을 하나 더 챙겼다. 둘 중 어느 것이 더 나은지 엘함에게 한 번 더 물어볼 생각이었다. 다행히 오빠는 잠이 들었고, 엄마는 어딜 갔는지 아까부터 보이지 않았다. 세디게는 조용히 집을 나섰다. 이제 엘함 집에 가서 엘함 고모의 립스틱을 살짝 바르기만 하면 모든 준비가 끝나는 셈이다.

그런데 엘함 집 문이 잠겨 있었다. 식구가 많아 늘 열려 있던 문이었다.

"엘함, 엘함."

세디게가 여러 번 부른 뒤에야 엘함이 문을 조금 열고 밖을 내다보았다. 세디게라는 걸 알고 엘함이 비척비척 밖으로 나왔다. 이제 곧 출발해야 하는데 엘함은 아직도 집에서 입는 옷차림이었다. 눈까지 퉁퉁 부어 있었다.

"너 왜 그래? 무슨 일 있어?"

엘함은 세디게를 끌고 집 뒤쪽으로 가더니 바닥에 주저앉아

울기 시작했다. 세디게는 마음이 급했다. 토요일 저녁이라 너무 늦게 가면 식당에 자리가 없을지도 몰랐다.

"엘함, 일단 씻자. 얘기는 가면서 하고."

세디게가 엘함을 일으켜 세우려 했지만, 엘함은 세디게 손을 뿌리치며 더 크게 흐느꼈다.

"세디게, 어떡해. 흐윽, 흐윽흑, 우리 오늘 밤에 간대."

"오늘 밤에? 어딜?"

"배 타러. 흐윽흐윽."

세디게가 엘함 옆에 털썩 주저앉았다. 새로 빨아서 다린 바지였지만 이제 그런 건 하나도 중요하지 않았다.

세디게도 골목 사람들이 배를 몰래 얻어 타고 다른 나라로 밀입국한다는 얘기를 들은 적이 있다. 배 밑바닥 생선 창고 같은 데서 한 달 가까이 숨어 지내며 바다를 건넌다고 했다. 밀항 브로커들에게 엄청난 돈을 내야만 가능한 일이었다. 오빠 약값에 끼니 걱정까지 해야 하는 세디게 집 형편으로는 꿈도 못 꿀 일이지만, 엘함네는 사정이 달랐다. 엘함 할머니는 자식과 손자들의 미래를 위해 오래전부터 돈을 모으고 있었다.

'엘함을 살아서 다시 볼 수 있을까?'

세디게가 입술을 바르르 떨었다. 신에게 물어도 답을 들을 수 없은 거 같았다.

엘함은 배 타는 일이 겁난다며 또 눈물을 쏟았다. 골목에는 매일같이 흉흉한 소문이 흘러 다녔다. 얼마 전에는 돈을 다 받아 챙긴 중국인 선장이 바다 한가운데서 배에 불을 지르고 사라져 어른 아이 수십 명이 아우성치다 죽어 갔다는 얘기가 떠돌았다. 인도네시아 해안에서 붙잡힌 아프간 가족 일곱 명이 본국으로 추방되어 군인들 손에 들어갔다는 끔찍한 얘기가 들리기도 했다. 혹 운이 좋아 어딘가에 무사히 닿는다 해도 사람들은 거기서 또다시 밑바닥 삶을 시작해야 했다.

세디게는 자꾸만 무섭고 억울한 생각이 들었다. 두 눈을 힘주어 뜨고 있는데도 눈물이 후드득후드득 떨어졌다. 엘함이 세디게를 꼭 끌어안고 울먹였다.

"세디게, 내가 제일 좋아하는 세디게. 죽을 때까지 네가 보고 싶을 거야. 널 지켜 달라고 신께 매일 기도드릴게."

세디게는 엘함의 품에 안겨 소리 없이 울었다.

세디게가 밤에 다시 엘함 집을 찾았다. 창문에 불이 다 꺼져 있었다. 이제 엘함은 여기에 없고 세디게는 다시 혼자가 되었다. 엘함은 세디게가 태어나 처음으로 마음을 다 준 친구였다.

눈물이 또 주르륵 흘렀다.

골목은 다른 때보다 더 고요했다. 아침저녁으로 웃고 떠들며 인사하던 이웃이 어느 날 갑자기 보이지 않아도 사람들은 모르는 척 또 살아갔다. 그들이 어디로 갔는지 아무도 알지 못했다. 알아도 안다고 내색하지 않았다. 골목 사람들은 그림자처럼 깃들어 살다가 바람처럼 사라졌고, 숨죽여 헤어지는 일은 일상이 되었다. 떠난 이들이 부디 나쁜 소문으로 돌아오지 않기를 바랄 뿐이었다.

세디게는 밤길을 걷고 또 걸었다. 어디로 걷는지도 모르는 채 계속 걸었다. 허깨비가 붙은 것처럼 다리가 자꾸만 어딘가로 나아갔다. 알록달록한 전구가 번갈아 반짝이는 걸 보고 고개를 드니 식당 앞이었다. 엘함과 같이 저녁을 먹기로 했던 그 식당이었다.

바지 주머니에는 엘함이 준 돈이 있었다. 엘함은 이제 말레이시아 돈이 필요 없다면서 가진 돈을 전부 세디게에게 주었다. 국수를 다섯 그릇 사 먹고도 남을 만큼 큰돈이었다. 엘함 생각을 하자 세디게 가슴이 또 미어졌다.

식당 안에서 음료수를 마시던 남자가 세디게를 보고 다가왔다.

"이? 너 혼기 있어?"

세디게가 고개를 끄덕였다. 목이 잠겨 소리가 나오지 않았다. 남자가 세디게를 빈자리로 데리고 가서 앉기 좋게 의자를 빼 주었다. 세디게가 무너지듯 자리에 앉았다. 그제야 다리가 아파 왔다.

"뭐 먹을래?"

남자가 물었다. 남자의 목소리는 다정했고 여전히 웃고 있었다. 세디게는 여기 오기를 잘했다고 생각했다. 엘함도 틀림없이 그렇게 생각할 것 같았다. 세디게는 배에 힘을 꽉 주고 대답했다.

"저거 주세요."

세디게가 옆자리 사람이 먹는 걸 가리켰다. 국수였다. 엘함과 같이 먹기로 했던 국수를 이젠 혼자 먹어야 했다. 남자가 알았냐며 뒤돌아 주방으로 걸어갔다.

세디게는 남자의 뒷모습을 바라보았다. 남자는 등짝마저 순해 보였다. 그래서 마음이 놓이고 숨이 쉬어졌다. 세디게가 히잡 밖으로 빠져나온 머리칼들을 찬찬히 밀어 넣었다. 히잡을 다시 여미고 나니, 없던 용기가 한 줌 생기는 듯했다.

세디게는 남자가 국수를 가져오면 긴 이야기를 시작할 생각이었다. 여기 같이 오려고 했던 친구에 대해, 약으로 하루하루를 버티고 있는 오빠에 대해, 군인들의 총에 맞아 목숨 줄을 놓은 아버지와 자식 둘을 데리고 나라 밖을 떠도는 늙은 엄마에 대해. 그리고 또 말하고 싶었다. 갈 곳 없는 자신에 대해, 자신의 이 모든 슬픔과 두려움에 대해.

한 번도 입 밖에 꺼낸 적 없던 얘기였다. 세디게는 아직도 영어를 잘 못하고 가끔 틀린 문장을 말하지만 그래도 상관없을 것 같았다. 한마디 말로도 마음을 다 전할 수 있을 것만 같았다.

"아는 애야?"

"어, 예전에 여기서 일하던 애 동생."

"혼자 왔대? 이 시간에, 설마 너 보려고?"

"무슨 생각 하는 거야? 그냥 불쌍한 애야."

"불쌍하긴 뭐가 불쌍해!"

"아니야. 쟤네들 진짜 불쌍해. 답이 없는 인생이라고."

"넌 너무 착해서 탈이야. 하긴 그래서 내가 널 좋아하지만."

주방 앞에서 남자와 여자가 무슨 말인가를 주고받았다. 여자는 새침한 얼굴을 했다가 다시 웃음을 터뜨렸다. 여자가 두 손으로 남자 뺨을 쓰다듬자 남자가 여자 허리에 손을 얹었다. 둘

은 스스럼없이 말하고 웃고 서로를 어루만졌다. 세상의 슬픔
과 두려움은 그들 몫이 아닌 듯했다.

주방에서 국수가 담긴 그릇이 나왔다. 남자가 그릇을 들고
주문한 사람에게로 갔다. 그런데 여자애가 보이지 않았다. 화
장실에 갔겠지 하며 남자가 탁자 위에 국수를 내려놓았다. 주
인 없는 국수가 천천히 식어 갔다.

세디게는 다음 날 학교에 가지 못했다. 밤새 열이 오르더니
온몸에 열꽃이 피었다. 눈도 잘 뜨지 못했다. 겁이 덜컥 난 세
디게 엄마가 학교로 달려갔고, 교장 선생님이 집에 찾아와 세
디게에게 물과 해열제를 먹였다. 세디게는 그 뒤로도 사흘을
더 약을 먹고 누워 있었다. 열이 내린 뒤에도 밖에 나가지 않았
다. 하루 종일 혼자 벽을 보고 앉아 엘함 생각을 했다. 엘함은
지금 어디에 있을까, 엘함은 지금 이디에 있을까, 엘함은 지금
어디에 있을까. 똑같은 생각을 하고 또 하다가 다시 잠이 들었
다. 가끔씩 오미드가 부엌에 람부탄을 두고 갔지만, 세디게는
람부탄에 손도 대지 않았다.

학교가 쉬는 일요일이었다. 세디게는 아침부터 눈물바람을
하는 엄마 때문에 억지로 집을 나섰다. 엄마의 눈물은 마를 날

이 없는데, 세디게는 요즘 이상하게 눈물이 나오지 않았다. 담벼락을 짚고 걸어도 자꾸만 무릎이 꺾이고 머릿속이 흔들렸다. 세디게는 아무 데나 주저앉고 싶었다.

학교 마당에서 텅, 텅, 공 부딪는 소리가 났다. 아무도 없는 학교에서 오미드가 혼자 농구공을 던지고 있었다. 세디게가 마당 구석에 쭈그리고 앉았다. 오미드가 공을 튀기다 말고 세디게 쪽으로 다가왔다.

"괜찮아?"

세디게는 자신이 괜찮은지 아닌지 생각할 기운이 없었다. 그래서 그냥 고개를 끄덕였다. 오미드가 공을 땅에 튀겼다.

쿵, 쿵.

세디게는 속이 울렁거리고 세상이 거꾸로 뒤집히는 것 같아 눈을 꽉 감았다.

"오미드, 그거, 공, 하지 말아 줄래?"

공 소리가 멈추었다. 울렁임이 서서히 가라앉자 세디게가 다시 눈을 떴다. 앞에 있던 오미드가 보이지 않았다. 오미드는 두 손으로 공을 들고 살금살금 걸음을 옮기고 있었다. 세디게는 오미드가 엉거주춤 걷는 모습을 물끄러미 보았다. 오미드는 신발장 앞에 공을 가만히 내려놓고 다시 돌아서 살금살금 걸으려다 세디게와 눈이 마주쳤다. 오미드가 멋쩍게 웃었다. 세디게도 희미하게 따라 웃었다.

다시 세디게 옆으로 온 오미드가 주머니에 손을 넣고 동전을 짤랑거렸다.

"람부탄 사다 줄까?"

세디게가 대답했다.

"나 람부탄 안 좋아해."

람부탄의 달콤함 속에는 떫은맛이 숨어 있다. 어쩌다 가운데 씨앗 쪽을 잘못 깨물면 떨떠름한 기운이 입속에 퍼져 아무리 침을 뱉어도 없어지지 않았다. 달콤함은 금방 사라지지만 떫은 맛은 오래오래 가시지 않았다.

오미드가 다시 물었다.

"그럼 뭐가 좋아?"

세디게는 자신이 무얼 좋아하는지 생각해 본 적 없었다. 무언가를 좋아해도 된다고 아무도 말해 주지 않았다. 세디게의 세상에는 하면 안 되는 것과 할 수 없는 것들만이 남아 있었다. 세디게가 무심히 입을 열어 말했다.

"나는 학교가 좋아. 아무도 떠나지 않는 학교."

오미드가 어깨를 으쓱하였다. 동전으로 살 수 있는 거라면

좋을 텐데, 그렇지 않아서 곤란한 얼굴이었다. 학교 마당에 바
람이 불었다. 물기 한 점 없는 메마른 바람이었다.

몇 년 전, 말레이시아에 두 달쯤 머문 적이 있습니다. 아프간 난민 아이들의 학교가 숙소 가까이에 있었습니다. 세디게와 오미드는 그때 만난 아이들입니다.

아이들은 아프간에 대해 잘 알지 못했습니다. 나라 밖을 떠돈 세월이 더 길기 때문입니다. 아이들의 나라에서는 분쟁과 테러가 끊이질 않았고, 어디에도 뿌리내리지 못한 채 아이들이 매일 자랐습니다. 나는 학교 마당 구석에 앉아 생각했습니다. 이제 아이들의 집은 어디인가?

제주에 입국한 예멘 난민들 이야기가 연일 사람들 입에 오르내립니다. 종교를 빌미로 고까운 눈초리를 보내고, 터무니없는 소문을 만들고, 험한 말을 내뱉는 이들을 볼 때마다 아이들 생각이 났습니다.

세디게와 오미드, 엘함과 무스다바, 하밋과 모센, 모르테자와
밀라드, 다정한 쌍둥이 자이납과 고브라. 아이들에게 늦은 안부를
묻습니다. 어디든 집이라 부를 수 있는 곳에 머물고 있는지?

　제주의 또 다른 세디게와 오미드에게도 너무 늦지 않게 인사를
건네려 합니다. 기대어 쉴 수 있도록 마음을 나누려 합니다.

진형민

최영희

2013년 『어린이와문학』으로 등단했다. 아주 가까운 이야기와 아주 먼 이야기를 다 좋아해서 학교와 우주 배경을 오가며 쓰고, 상상하고, 논다. (그래도 주인공은 언제나 너희야.) 그동안 펴낸 책으로 『첫 키스는 엘프와』, 『꽃 달고 살아남기』, 『구달』, 『너만 모르는 엔딩』 등이 있다.

하늘이
두 쪽 나는 날

1.

기말고사 범위와 일정이 공지되었다.

일목요연한 도표가 학교 홈페이지, 학부모용 알림앱, 명근이네 반 단체 채팅방에 동시에 올라온 것이다. 명근이는 서너 차례 심호흡을 한 뒤 문제집을 책상에 착착 쌓았다. 방구석에서 퍽이나 시험공부가 되겠다며, 자기처럼 독서실을 끊는 게 어떠냐고 주영이가 충고했지만 명근이는 들은 척도 하지 않았다. 열람실의 팽팽한 공기를 떠올리기만 해도 숨이 막혔던 것이다.

무슨 일이 있어도 긴장하지 않기!

아무에게도 말한 적 없지만 시험기간에 임하는 명근이의 좌우명은 그것이었다.

큰일을 앞두고 긴장감을 덜어 내는 최선의 방법은 일을 체계적으로 대비하는 것이다. 일곱 과목 시험 범위에 해당하는 무제집 추량은 ?10장 시험까지 나은 날은 ?주일, ?10 나누기 14는 15니까, 하루에 문제집 15장만 풀면 된다는 뜻이다. 과목 별 비중은 중요하지 않았다. 날마다 절대량 15장씩만 채워도 기말 준비는 끝나게 돼 있었다.

첫날은 주영이가 오버워치 판에 웬 미친놈이 등장했다며 피시방으로 급히 호출하는 바람에 그냥 지나갔고, 이틀째는 혼신의 힘을 다해 수행평가 PPT를 만드느라 문제집을 펼칠 시간이 없었다. 하지만 명근이는 초조해 하지 않았다. 임진왜란 6년, 오랜 전쟁에 지친 백성들은 희망을 잃어 가고 병사들도 전의를 상실한 그때, 불멸의 이순신께서는 이리 말씀하시지 않았던가. 신에게는 아직 열두 척의 배가 남아 있사옵니다. 그랬다. 명근이에게는 아직 열이틀이란 시간이 남아 있었다.

남은 열이틀 중 첫날은 아버지 제사여서 문제집을 펼칠 시간이 없었다. 명근이가 아니면 누가 녹두진을 뒤집고, 부침가루를 사다 나르고, 음식물 쓰레기를 내다 버린단 말인가.

"엄마가 할 테니까 놔두고 들어가."

말은 그러면서도 엄마는 명근이를 밤늦도록 부려 먹었다.

다음 날은 제사 음식을 잘못 먹었는지 종일 체기가 있어서 하루를 날리고 말았다. 남은 날은 열흘. 그래도 두 자리 숫자가 주는 안정감이란 게 있었다. 명근이는 마음을 다잡고자 다시 셈을 했다. 210 나누기 10은 21. 하루 21장씩만 풀면 기말고사는 문제없었다. 사실 문제집이란 게 여백도 많은데다 제작자들이 잘난 척하느라고 쑤셔 박은 허드레 정보들투성이이기 때문에 21장이라 해서 겁먹을 이유는 없었다.

명근이는 국어 문제집부터 펼쳤다. 문법의 요소와 활용을 다룬 단원이었다. 선어말어미, 능동, 피동 등 우리말의 낯설고 복잡한 매력에 새삼 감탄하며 문제를 풀었다. 채점 결과 오답이 속출했고, 명근이는 밤늦도록 문제와 답안 사이를 바삐 오가다가 어느 순간 기억이 끊겼다.

다음 날 아침, 명근이는 책상과 침대 사이의 맨바닥에서 소스라치며 깨어났다. 으슬으슬 몸도 추웠고, 본격적인 기말 준비 첫날부터 절대량을 채우지 못했다는 생각에 심장도 오그라드는 것 같았다. 명근이는 제 뺨을 찰싹찰싹 때렸다.

'긴장하지 마, 오명근! 차마 침대에 눕지 못하고 맨땅에 잠든 열정을 보라고! 넌 잘하고 있다고!'

가까스로 맘을 진정시켰지만, 아침 식탁에서 결정적인 내상을 입고야 마는데……

"벌써 얼굴이 퀭하네. 9일이나 남았다면서? 쉬엄쉬엄해."

엄마의 격격한 목소리와 함께 머릿속에 카운트다운이 시작되었다. 기말고사까지 9일, 내일이면 8일, 모레면 7일……. 명근이는 갑자기 숨이 가빴다. 속이 울렁거리고 항문도 저릿저릿했다.

"남들보다 잘하란 소리 안 할 테니까 그냥 범위만 한 번 훑어. 엄마는 하늘이 두 쪽 나도 성적 가지고 뭐라 할 생각 없어."

엄마는 정말이지 아무것도 몰랐다. 명근이의 긴장 수치는 한계를 넘어섰고, 하늘은 이미 두 동강 나 버렸다. 작은 부엌창 너머의 하늘에 선명하게 금이 가 있었고, 그 주변이 검붉게 일렁이고 있었다.

'젠장! 또 시작됐어!'

2.

명근이는 눈을 희번덕거리며 학교로 갔다.

제발 아무 일도 없기를 바라지만, 찢어진 하늘이 명근이를 굽어보는 한 그건 불가능에 가까운 소원이었다. 편의점 사거리 이상 무, 도서관 앞길 이상 무, 문구점 앞 이상 무, 청춘핫도그와 아트카페 골목 이상 무. 정문 쪽도 이상 없고, 1층 현관도 괜찮음. 명근이는 속으로 고시랑거리며 교실로 향했다.

수상한 징후가 포착된 곳은 교실 앞 복도였다. 9반 강희천의 머리에 하얗고 둥근 테가 떠 있었던 것이다. 만화에서 망자나 천사를 표현할 때 그리는 테와 비슷했다. 하지만 놈은 죽지 않았고 천사는 더더구나 아니었다. 강희천은 살벌한 눈길로 또래 남자아이들을 후려치며 잘 먹고 잘사는 놈이었다.

수업 시간에도 명근이는 자꾸만 창문 너머로 눈길이 갔다. 하늘에는 여전히 금이 가 있었다. 정확히 말하면 차원의 경계면이 찢긴 상태였다. 경계면이 언제, 어쩌다가 훼손되었는지는 명근이도 모른다. 사실 그런 건 아무래도 상관없었다. 문제는 저 틈새를 비집고 침입자들이 이 세계로 넘어온다는 것이나. 그리고 명근이에겐 놈들을 감지하는 능력이 있었다. 물론 늘 그런 건 아니었다. 오늘처럼 시험 스트레스가 극에 달하면 찢긴 하늘과 놈들의 흔적이 갑자기 눈에 띄었다.

1학기 기말고사 때는 담임의 책상 맨 아래 서랍에서 러시아 인형 마트료시카 형태의 괴물 두 마리를 찾아낸 적이 있었다. 사실 놈들은 두 마리가 아니라 수십 마리였다. 한 놈이 제 몸통을 반으로 쪼개면 거기서 조금 작은 놈이 튀어나왔고 그놈에게서 또 한 놈이 튀어나오는 식이어서 정확한 수를 셀 수도 없었다. 명근이는 마트료시카 괴물들을 소탕하고 담임을 구하느라

1학기 기말고사를 마쳤더 기어이 새록새록 떠올랐다.

이번에는 피해자가 강희천이었다. 물론 강희천이야 어떻게 되건 말건 명근이가 알 바 아니었다. 문제는 강희천을 노리는 놈을 내버려두면 경계면도 찢긴 채 방치된다는 점이다. 경험상 침입자를 처리해야만 원래대로 다시 돌아갈 수 있었다. 담임의 책상 서랍에서 괴물들이 떠들어 대거나, 쥐며느리처럼 생긴 거대한 괴생물체가 분리수거장 지붕에 앉아 있다거나, 촉수형 괴물이 학교 급식실 고양이를 잡아먹거나 하지 않는, 평범한 일상 말이다.

하필 강희천이야!

명근이는 짜증이 났다. 강희천으로 말할 것 같으면 더러운 인상에 걸맞게 일진의 물이 튀었다는 소문이 도는 애였다. 몇 달 전 명근이는 도서관에서 강희천에게 필독서를 양보한 적이 있었다. 강희천이 억지로 빼앗은 건 아니었나. 시발, 좀 전까지만 해도 한 권 남아 있었는데. 강희천은 눈을 부라리며 그렇게 중얼거렸을 뿐이다. 어이쿠, 내가 찾던 책이 아니네. 혼잣말을 하며 책을 제자리에 갖다 둔 건 명근이었다. 그날 명근이는 무형의 주먹에 얻어맞은 느낌이었고, 그 불쾌한 통증은 아직도 생생했다. 그런데 강희천을 위해 싸워야 하다니! 더구나 이 일은 파리채로 파리 잡듯 그리 간단한 게 아니었다. 피를 빨리고 살점을 물어뜯기고, 목숨을 걸어야 하는 일이었다.

강희천은 자꾸만 명근이의 눈에 띄었다. 가뜩이나 큰 키에 흰 테까지 달고 있으니, 멀리서도 눈에 들어오는 것이었다. 녀석은 얼굴빛이 점점 누레지고 있었다. 머리가 아픈지 엄지로 관자놀이를 꾹꾹 누르며 돌아다니더니 점심시간에는 코피까지 쏟았다.

"강희천 어디 아픈 것 같지 않냐?"

명근이는 점심을 먹다 말고 주영이에게 물었다. 주영이는 건너 테이블에 앉은 강희천을 흘깃 보고는 이내 시큰둥한 얼굴로 식판에 코를 박았다.

"코피 좀 흘린 거네. 안 자고 시험공부 했나 보지 뭐."

"그러지 말고 잘 좀 보라니까. 저 자식 얼굴이 완전 똥색이 잖아. 눈가도 푸르죽죽하고."

"강희천한테 신경 쓸 만큼 시간이 남아도냐? 그리고 저런 부류 인간 하나 뒤지면 인류 평화를 위해 좋은 거 아냐? 아 씨, 자꾸 말 시키니까 면이 떡 됐잖아. 떠먹는 스파게티야, 뭐야?"

주영이는 짜증스레 면발을 휘저었다.

5교시 중간, 강희천은 기어이 고꾸라지고 말았다. 운동장에서 체육 수업을 하던 중에 주사을 읽고 쓰러진 것이다. 그래서 그는 발딱 일어났지만 열 걸음쯤 더 걷다가 다시 널브러졌다.

"강희천, 왜 그래?"

체육 선생님과 반 아이들이 강희천을 에워쌌다. 명근이가 사람들을 비집고 강희천에게 모습을 드러낸 건 그때였다.

"강희천, 나 3반 오명근이야. 갑자기 몸에 이상 반응이 나타나는 이유가 궁금하면 날 찾아와. 네 목숨이 달린 일이니까 꼭 와라."

뜨악한 눈길들을 한 몸에 받으며 명근이는 강한 기시감을 느꼈다. 그랬다. 어차피 이 일의 속성을 이해하는 사람은 지구 상에 명근이밖에 없었다. 이 사태의 피해자인 강희천조차 명근 이를 미친놈 취급할 게 뻔했다.

쉬는 시간, 명근이는 교무실에서 담임을 마주해야 했다.

"5교시 땡땡이치고 운동장에 숨어 있을 거면 얌전히 숨어 있을 것이지, 딴 반 수업에는 왜 끼어든 거야? 체육 선생님 말 로는 네가 강희천한테 목숨이 어쩌고 했다던데, 그건 또 뭔 소리야?"

"그냥 강희천이……."

명근이는 거기서 입을 닫았다. '강희천이 침입자 손에 뒤질까 봐 그래요'라고 털어놓을 수는 없는 노릇이었다. 1학기 기말고사 기간에 마트료시카 괴물들로부터 당신을 구한 것도 나라고 말해 본들 믿어 주지도 않을 것이다. 당시 명근이가 나서지 않았다면, 담임은 마트료시카 괴물들의 밥이 됐을 것이다.

"이 서랍은 우리가 이 세상에 첫발을 디딘 성지야. 성지가 훼손되지 않게 보존하려면 이 서랍의 주인을 없애 버려야 해."

"맞아, 조그만 덩어리로 축소시켜서 삼켜 버리자."

놈들은 이런 대화를 주고받다가 명근이에게 발각되었다. 담임의 책상 맨 아래 서랍에 있던 차원의 경계면이 찢어졌고, 놈들은 그 틈새로 넘어온 것이다. 처음에 명근이는 놈들을 내버려 둘까도 생각했다. 시시각각 닥쳐오는 기말고사를 멈추려면 모두를 경악시킬 만한 재앙이 벌어지는 수밖에 없었다. 이를테면 담임이 괴물들에게 살해당한다거나……. 아주 짧은 순간이었지만 명근이는 담임을 희생시켜 기말고사를 미루는 것도 괜찮겠다는 생각을 했다. 하지만 명근이는 합리적인 아이였다. 놈들이 담임을 삼킬 수 있는 존재라면 다른 사람들도 삼킬 수 있다는 뜻이었고, 명근이는 일이 더 커지기 전에 놈들과 싸우기로 했다. 명근이에게는 그때 놈들에게 물린 흉터가 선명하게 남아 있다. 서랍에서 놈들을 꺼내 학교 뒷마당에서 밟아

주이는 과정에서 손끝 종이괴를 비구 물이뜯던 싯나나. 운송
화 밑에서 오도독오도독 터지고 질척하게 으깨지던 놈들의 몸
통……. 그 살벌한 기억도 고스란히 명근이의 몫이었다.

"1학기 때는 내 책상 서랍에 괴물이 있다며 소동을 피우더
니, 너 게임 너무 많이 하는 거 아니야? 현실과 공상의 경계가
살짝 흐려진 것 같아서 그래. 어머니한테 말씀드릴 테니까 이
번 방학 때는 꼭 전문가 상담을 받아 보도록 해. 그리고 시험도
얼마 안 남았는데 분발 좀 하자."

교무실을 나서며 명근이는 지난날의 선택을 후회했다. 역시
담임은 놈들에게 잡아먹히는 편이 나았다.

강희천은 수업이 다 끝나도록 명근이를 찾아오지 않았다. 대
신 학교 앞에 익숙한 차가 서 있었다. '우리 동네 맛집 정보, 밥
스밥스!'라는 광고 문구를 요란하게 새긴 경차였다.

"뭐 해? 빨리 타!"

엄마였다.

3.

담임한테 다 들었을 텐데도 엄마는 명근이를 다그치지 않
았다.

그저 생각이 많은 얼굴로 묵은지목살찜을 데우고 있었다. 매운 목살찜은 명근이가 가장 좋아하는 음식이었다. 일단 배불리 먹이고 족치려는 계획인가 싶어 명근이는 슬슬 불안해졌다. 강희천의 일을 캐묻기라도 하면 뭐라고 답한단 말인가.

드디어 마주한 밥상.

"대박인데? 엄마 솜씨예요?"

"바랄 걸 바라라. 당연히 밥스밥스에서 주문한 거지."

엄마는 맛집 정보 책자 밥스밥스의 제작자 겸 맹렬한 사용자였다.

"담임 선생님이 전화했더라. 게임 어쩌고 하기에, 이맘때 애들 평균 정도로만 하니까 걱정 말라고 했어. 그리고 우리 집 가훈이 '너무 애쓰지 말자'라는 것도 얘기했다. 기말고사 기간이라고 괜히 너 몰아세우지 말라는 뜻이었는데, 알아들었는지는 모르겠네."

명근이는 슬그머니 숟가락을 내려놓았다. 강희천 얘기가 안 나온 건 다행이지만 사실 명근이는 엄마의 저런 말투 자체가 싫었다. 초등학교 때 계주 선수를 뽑는 날에도 넘어지지만 않으면 된다 했고, 시험이 다가오면 범위만 한 번 훑으라 했다. 엄마가 기대치를 낮추면 명근이가 마음의 짐을 떨칠 수 있을 거라는 듯이 말이다. 하지만 엄마가 기대를 버린 만큼 명근이가 감당해야 하는 일의 무게는 변하지 않았다.

그날 밤, 명근이는 도저히 문제 풀이에 집중할 수가 없었다. 기분도 구깃구깃하고, 닥쳐올 일들도 두렵고, 몸도 추웠다. 하는 수 없이 일찌감치 잠을 청했다. 맹세코 시험공부가 싫어서가 아니었다. 큰 경기를 앞둔 선수들이 컨디션 조절 차원에서 하루 정도 훈련을 쉬는 것과 비슷한 경우라고나 할까.

다음 날 아침 명근이가 일어났을 때, 엄마는 벌써 출근하고 없었다. 식탁에는 만 원짜리 한 장이 비장하게 엎어져 있었다. 명근이한테는 아득바득 살지 말라면서 정작 엄마는 워커홀릭이었다. 맛집 정보책을 만들고, 식당을 찾아다니면서 영업을 하고, 건강보조 식품도 만들어 팔았다. 새로운 사람을 만나면 조건반사처럼 명함부터 내밀었다. 중학교 2학년 때는 담임의 책상에서 엄마의 명함을 발견한 적도 있었다. 학기 초마다 명근이가 기를 쓰고 학부모 상담 신청서를 감추는 것도 그 때문이었다. 엄마에겐 명근이를 제외한 세상 모든 사람이 영업 상대였으니까.

혹시나 하는 기대로 올려다본 아침 하늘은 여전히 그 모양이었다. 하늘이 아물려면, 아니 명근이가 저 꼴을 안 봐도 되려면 강희천에게 접근한 놈을 잡아 없애야 했다.

4교시가 끝나자마자 명근이는 9반으로 뛰어갔다. 다행히 강희천은 급식실로 이동하기 전이었다.

"강희천, 네 목숨이 오락가락하는 일이야."

"뭐야? 시바, 또 너냐?"

하루 사이에 얼굴이 반쪽이 되고서도 지명수배범 풍의 인상은 여전했다.

"그래서 말인데, 잠깐만 시간 좀 내주라. 공짜로 만나 달라는 소리는 아니야."

명근이는 엄마가 두고 간 만 원짜리를 강희천의 책상에 탁 내려놓았다. 지폐는 즉각 효력을 발휘했다. 강희천은 후문 주차장 옆 비탈길로 명근이를 끌고 가서는 패대기쳤다.

"어디서 돈을 들이밀어, 새끼야! 누가 보면 내가 일진인 줄 알 거 아니야?"

강희천은 상처받은 얼굴이었지만 돈을 돌려주진 않았다.

명근이는 엉거주춤 일어서며 한숨을 쉬었다. 이 무슨 개고생이란 말인가. 상대가 마트료시카 괴물들처럼 뻔히 보이는 상대라면 이럴 필요까진 없었다. 하지만 강희천에게 허연 테를 씌운 놈은 정체를 숨기고 있었고, 놈을 찾아내려면 강희천의 협

ㅍ 틸 있니.

그날 오후, 명근이와 강희천은 학교 근처 공립도서관 매점에
서 다시 만났다.

"낯선 무엇?"

"응. 일면식도 없는 사람이나 듣도 보도 못한 괴생물체였을
거야."

"너 진짜 헛소리하는 거면 뒤진다!"

명근이는 얼른 연습장을 펴서 뭔가를 그린 다음 강희천에게
건네주었다. 사람 머리 위에 동그란 테가 떠 있는 모습을 그린
그림이었다.

"못 믿겠지만 이게 지금의 너야. 왜 내 눈에만 이런 게 보이
는지는 묻지 마. 나도 모르니까. 나도 이딴 게 보여서 아주 환
장할 것 같거든."

연습장을 쥔 강희천의 손이 떨리고 있었다.

"이거였나? 안 그래도 날카로운 뭔가가 머리 둘레를 긁으면
서 빙빙 도는 것 같거든."

그때부터 대화는 비교적 순조롭게 진행되었다. 둘은 한 시간
가까이 머리를 맞대고 '놈'의 정체를 추적했다. 강희천에게 최
초로 신체 이상 반응이 나타난 건 어제 아침 등교 시간이었다.

그건 강희천이 어제 오전 아홉 시 이전에 놈을 만났다는 뜻이다. 강희천의 동선이나 인간관계가 생각보다 단조로운데도 놈은 꼬리가 밟힐 기미가 없었다. 혹시나 하는 마음에 명근이는 반대 방향에서 접근해 보았다.

"그럼 낯선 존재는 없었다 치고, 최근에 만난 사람들을 다 얘기해 봐. 어제 등교 시간 전후로 말이야."

"어제 아침엔 딱히 만난 사람이 없어. 엄마 아빠랑 밥 먹고 나와서 학교 앞에서 LA할배 만났고, 그게 다야."

"LA할배? LA갈비도 아니고 LA할배는 뭐냐?"

"먼 친척 할아버지야. 원래 친척 중에 꼭 한 명씩은 있잖아, LA할배."

저 말도 안 되는 논리……. 명근이는 강한 기시감을 느꼈다. 1학기 기말 때 담임도 그랬던 것이다. 서랍 맨 아래 칸에서 나는 수상한 소리는 뭐냐고 묻자, 담임은 그게 무슨 문제냐는 얼굴로 대답했다.

"원래 맨 아래 서랍에선 시끄러운 소리도 나고 냄새도 나고 그런 거 아니니?"

차원의 경계면을 넘어온 놈들의 영향권에 들어가면 다들 판단력이 흐려지는 모양이었다.

명근이는 신간이 미구 떼었다. 드디어 높은 핫세낼 것이다.
차원의 경계막을 찢고 넘어온 놈, LA할배! 다행히 강희천은
LA할배의 연락처를 가지고 있었다.

"용돈이 필요하거나, 엄마 아빠한테 말 못 할 고민이 생기
면 연락하래. 안 그래도 어제 오늘 몸이 너무 희한하게 아파서
LA할배한테 전화를 해 볼까 하던 참이었어."

하지만 강희천은 LA할배의 연락처를 순순히 내주려 하지 않
았다. 명근이는 지갑을 탈탈 털어서 강희천에게 건넸다.

"누가 보면 내가 삥 뜯는 줄 알겠다, 새끼야. 분명히 짚고 넘
어가는데, 이건 정보이용료야."

강희천은 돈을 챙기고는 휴대전화를 뒤지기 시작했다.

4.

저녁에 명근이는 수학학원을 땡땡이치고 강희천네 동네로
향했다. LA할배를 만나기 전에 놈에 대해 하나라도 더 조사해
둘 필요가 있었다. 지금까지 명근이가 상대했던 놈들과 LA할
배는 차원이 달랐다. 경계면이 찢긴 곳은 담임의 서랍 속이나
학교 분리수거장 옆이 아니었다. 놈은 하늘에서 내려온 것이
다. 명근이는 금이 간 하늘을 올려다보며 몸을 떨었다. 대체 네

놈은 누구야!

강희천네 동네에 다다른 명근이는 놈이 왜 LA할배인지 알아냈다. 동네 어귀 상가 지역에 'LA갈비 끝판왕' 고깃집과 '골절 할배' 접골원이 나란히 있었던 것이다. LA할배는 상호명 두 개를 엉성하게 섞은 이름이었다.

"잔머리 굴리는 게 제법인데. 기말고사 객관식 찍기도 잘하겠……."

무심코 튀어나온 기말고사라는 단어에 명근이는 뒷골이 서늘해졌다. LA할배 일에 골몰한 나머지 지금이 기말고사 기간이라는 걸 깜빡했던 것이다. 남은 날은 8일. 명근이는 두 쪽 난 하늘을 올려다보았다. 예리하게 벌어진 틈새와 그 주변에 검붉게 굼실거리는 소용돌이들.

"시험 기간마다 이게 뭐냐고!"

명근이는 하늘을 향해 가운뎃손가락을 힘껏 뻗었다. 엄마에게서 전화가 온 건 그때였다.

"아들, 지금 어디야? 학원 빼먹은 거 눈감아 줄 테니까 후딱 집에 들어가. 괜히 위험한 데 어슬렁거리고 다니지 말고."

엄마는 속사포처럼 용건을 쏟아낸 뒤 명근이가 말할 틈도 주지 않고 전화를 끊었다. 업무가 바쁠 때면 으레 저랬기 때문

에 명근이두 이제 그러려니 했다

명근이는 어제 아침 강희천의 등굣길 동선대로 걸어 보았다. LA할배가 강희천네 동네 가게들의 상호명을 조합했다는 건 그 부근에 왔었다는 증거다. 그리고 어제 아침 강희천이 LA할배와 조우한 지점은 동네와 고등학교 중간쯤에 위치한 초등학교 앞 사거리였다. 그건 LA할배가 동네에서부터 강희천을 쫓아왔다는 뜻이다. 지금까지 차원의 경계면을 넘어온 놈들이 해코지할 대상을 물색하고 고른 적은 없었다. 놈들은 도착 지점에 있던 사람을 무조건 공격했으니까. 하늘 틈새로 넘어온 LA할배 역시 강희천네 동네에 착지하자마자 일을 꾸몄을 확률이 크다. 강희천은 평소처럼 학교에 가다가 재수없게 LA할배에게 걸려든 것이다. 하지만 담임의 책상 서랍이나 학교 분리수거장 옆에 도착했던 놈들과 달리 LA할배는 사람들이 지나다니는 길에 착륙했다. 그렇다면……!

'목격자! 그날 아침 목격자가 있을지도 몰라!'

명근이는 쾌재를 불렀다. 하지만 안타깝게도 목격자를 찾는 일은 내일로 미뤄야 했다. 엄마에게서 또 전화가 온 것이다.

"오명근! 너 아직 집 밖이지? 좋은 말로 할 때 들어가라!"

그러고는 툭! 변명할 틈조차 주지 않고 전화를 끊었다. 엄마의 일방적인 전화 습관이 오늘은 외려 고마웠다. 엄마한테 LA할배 이야기를 꺼낼 수는 없었다. 명근이는 아빠의 마지막 부탁을 잊은 적이 없었다.

"네 엄마, 스트레스 안 받게 네가 잘 보살펴 드려야 한다."

엄마에게 LA할배 이야기를 털어놓느니, LA할배 열 놈과 박 터지게 싸우는 편이 나았다. 명근이는 두 쪽 난 하늘을 머리에 이고서 터덜터덜 집으로 갔다.

기말고사를 8일 앞둔 밤, 명근이는 문제 풀이에 집중할 수가 없었다. 수학 문제집을 펼쳐도 LA할배, 한국사 문제집을 펴도 LA할배, 모든 생각과 감각이 놈에게 쏠리고 있었다. 그러다가 밤 열한 시가 가까워지자 슬슬 졸리기 시작했다. 엄마는 아직 퇴근 전이었고, 명근이는 어떻게든 잠을 쫓으려고 커다란 머그잔 가득 커피를 타 마셨다. 속이 뜨듯해지니 깊은 잠이 몰려왔다.

명근이는 기말고사를 7일 앞둔 세상에서 눈을 떴다.

아직 날은 깜깜했지만 땅의 진동으로 새벽을 감지할 수 있었다. 전철역에서 멀지 않은 명근이네 동네는 전철이 지나갈 때마다 땅이 울렸던 것이다. 엄마는 거실 불을 켜둔 채 외출복 차림으로 소파에 잠들어 있었다. 어딜 얼마나 바삐 다녔는지

박가라에 피가 말라붙어 있었다. 그러고도 무단 하 언무가 남았는지 이따금 몸을 뒤척이며 잠꼬대를 했다.

명근이는 주섬주섬 아침을 차렸다. 찬장에서 김과 즉석밥을 꺼내고, 냉장고에서 며칠 된 제사 음식들을 꺼냈다. 확실히 쉰내가 나는 나물은 버렸고, 상한 건지 아닌지 전문가의 식별이 필요해 보이는 전들은 슬그머니 식탁에 올려놓았다. 건더기를 건져 먹고 남은 묵은지목살찜 국물도 곁들여 놓았다. 엄마는 명근이가 밥을 다 먹도록 일어나지 않았고, 명근이는 자기 몫의 설거지를 마친 다음 조용히 집을 빠져나왔다.

불안했던 어제와 달리 오늘은 또 새로운 기운이 채워진 느낌이었다. 명근이를 심약하게 하던 8이라는 숫자와 달리 7이라는 숫자가 주는 충만함이 있었다. 기말고사까지 남은 날은 꼬박 일주일. 그토록 피하고 싶던 침입자와의 전쟁은 시작되었지만, 그렇다고 명근이가 기말고사를 포기한 건 아니었다. 명근이는 LA할배를 제거하는 일도 기말고사도 깔끔하게 마무리할 생각이었다. 일주일을 꽉 채운 날들이 남았으니 불가능한 일도 아니었다. 남은 문제집은 정확히 190장, 남은 날은 7일. 190 나누기 7은 27.1428…이므로 넉넉잡고 하루 28장만 풀면 된다.

명근이는 등굣길 학생들을 거슬러 강희천네 동네로 갔다. 더 늦기 전에 목격자를 찾아야 했다.

고깃집과 접골원은 아직 문을 열기 전이었다. 명근이는 사람들을 붙잡고 이틀 전 아침에 이 근처에서 수상한 사람을 본 적 없는지 물어보았다. 황은우라는 애가 자전거도 없으면서 헬멧을 쓰고 가더라는 초등학생의 제보와, 검정 벙거지에 선글라스를 쓴 남자가 남의 가게 앞에 구토를 하고 튀었는데 아무래도 아이돌 래퍼 AK 같았다는 중학생들의 제보를 거쳐 마침내 LA 할배에 관한 중요한 증언을 얻을 수 있었다. 목격자는 매일 아침 운동을 다닌다는 동네 할머니였다.

"내가 저기 모퉁이를 딱 돌아오는데 고깃집 골목에 모래가 끝도 없이 떨어지지 뭐야. 어떤 정신 나간 놈이 아침부터 모래를 퍼붓나 싶어서 주변 옥상들을 휘휘 둘러봤는데, 벌써 내뺐는지 아무도 없더라니까. 더 요상한 거는 골목 바닥에 수북하게 쌓였던 모래가 순식간에 사라졌다는 거야."

"네?"

"증거 사진을 찍어서 구청에 신고하려고 휴대전화를 꺼냈는데, 그 잠깐 새에 모래더미가 온데간데없더라니까. 대신 그 자리에 웬 영감 하나가 서 있더라고."

"그래서요?"

명근이는 침을 꿀꺽 삼켰다.

"그래서긴 뭘 그래서야. 혹시 모래 먼지 안 뒤집어썼냐고 물어봤지. 귓구녕이 막혔는지 들은 척도 안 하더라만."

할머니는 맥락에서 벗어난 둘째 아들네 손녀 자랑까지 늘어놓은 뒤에야 명근이를 놓아주었다.

명근이는 찢긴 하늘을 올려다보았다. 지금껏 명근이는 침입자가 조류형 괴물일 거라 추측했다. 하늘에서 땅으로 멀쩡하게 내려오려면 날개가 필요할 테니까. 하지만 놈은 입자형 괴물이었다. 인간으로 변신 가능한 입자형 괴물! 그날 할머니가 봤다는 노인은 LA할배가 분명했다.

이제 놈을 만날 차례였다. 강희천에게 받은 번호로 대여섯 번이나 전화를 걸어 보았지만 놈은 전화를 받지 않았다. 결국 명근이는 음성메시지를 남겼다.

"LA할배, 네놈의 정체를 알고 있다. 네놈이 어디를 통해 이 세계로 넘어왔는지도 알아. 이쯤 되면 너도 내가 궁금할 것 같은데. 연락해라."

5.

학교 정문 근처. 명근이는 휴대전화를 만지작거리다 말고 걸음을 돌렸다. 암만 해도 지금 상황에서 등교는 무리인 것 같았다. 수업 중에 LA할배한테 연락이 올지도 모르니까.

뒤늦게 담임의 연락을 받은 엄마에게 전화가 왔지만 명근이는 받지 않았다. 대신 짤막한 문자를 보냈다.

걱정 마, 엄마. 이따 봐.

이 끔찍한 일들이 언제까지 반복될지 모르지만, 엄마에겐 평생 비밀에 부칠 생각이었다. 용돈을 올려달라거나, 주영이네 독서실에 등록해 달라는 부탁이라면 얼마든지 할 수 있었다. 하지만 명근이는 다른 차원에서 넘어온 존재가 보인다는 고백이 어떤 반응을 불러일으키는지 알고 있었다.

"미친놈!"

올봄, 분리수거장에 거대한 쥐며느리가 나타났다고 했을 때 주영이는 그리 말했다. 미친놈이 분명하지만 친구여서 참아 준다고, 딴 사람 앞에서는 그런 말 꺼내지도 말라고. 명근이는 자신의 능력이 엄마에겐 지독한 스트레스가 되리란 걸 알고 있었다. 아빠가 돌아가신 후 엄마는 아파트 대출금을 갚느라 그야말로 발에 피가 나도록 일했다. 혼자서 감당하기 벅찬 액수지만 어렵게 분양받은 아파트를 포기할 마음은 없다고 했다.

LA할배에게 연락이 온 건 오후 두 시쯤이었다.

명근이는 공원의 핑크색 하트 모양 시계탑 아래 서 있었다. 지난 세기엔 연인들의 약속 장소로, 요즘엔 동네 개들의 사교 장으로 유명한 곳이었다. 개똥밭을 만남의 장소로 택한 건 LA할배의 뜻이었다. 놈은 이 일대의 지리를 이미 다 파악한 듯했다.

웬 아줌마가 큰 개 세 마리에게 끌려오고 있었다. 그 모습을 지켜보던 명근이는 제 입을 틀어막고 말았다. 아줌마의 머리 위에 둥근 테가 떠 있었던 것이다. 피해자는 강희천 하나가 아니었다. 자전거를 탄 아저씨의 머리 위에도, 빈 유모차를 밀며 산보를 나온 할머니 머리 위에도 둥근 테가 있었다. 그리고 놈이 등장했다.

작고 꼿꼿한 체형에 백발, 고급스러운 무스탕 코트를 입고 페도라를 눌러쓴 노신사였다. LA할배는 명근이를 보자마자 다짜고짜 악수를 청했다. 명근이도 얼결에 그 손을 잡았다.

"그래, 차원의 경계면을 볼 줄 안다고? 어쨌든 이거 반갑네."

목소리마저 친근했다.

"알고 있겠지만, 이 몸은 가짜야. 이 세계의 지성체들과 소통

하기 위해 적당한 외형을 취한 거지. 자네 말대로 다른 차원에서 왔네만, 그 세계에선 평범한 연구원일 뿐이야."

조곤조곤 설명하는 폼새가 괴물이라기보다 엘리트 이민자 같았다. 명근이는 제 볼을 찰싹 때리고는 고개를 저었다. 놈에게 휘말려선 안 되었다. 놈이 생각보다 젊잖게 나와서 잠시 헷갈리긴 했지만 놈은 이 세계를 해코지하는 침입자였다.

"머리 위에 흰 테가 둘러진 사람은 어떻게 되는 거야?"

"오! 그것까지 알아채다니. 흰 테는 고강도 스캐너일세. 인체 정보를 원자 단위까지 스캔하는 거지."

강희천이 겪는 통증은 인체 스캐닝의 부작용인 듯했다.

"사람을 스캔해서 뭐 할 건데?"

LA할배는 손끝으로 하늘을 가리켰다.

"이 세계의 지성체를 저 틈새를 통해 내 고향으로 보낼 생각이네. 그러자면 샘플들의 개체별 구성 정보가 필요하다네."

"그건 납치잖아! 내가 그 꼴을 그냥 두고 볼 것 같아?"

"이 세계의 물리법칙과 구성원을 면밀히 연구한 결과, 나를 막을 사람은 없더구나."

LA할배가 웃었다. 때마침 겨울바람이 불어왔고 LA할배의 몸은 가장자리부터 서서히 입자화되기 시작했다. 명근이는 점

펴 주머니에 꽂고 있던 분무기를 꺼내 놈에게 물을 뿌렸다. 바
트료시카 괴물들과 싸우다가 체득한 원리였다. 마트료시카 괴
물들은 수천 마리로 불어났다가 다시 착착 포개지며 명근이를
골려 먹었다. 하지만 우연히 명근이의 발에 한 놈이 밟혀 죽으
면서 놈들의 쇼도 막을 내렸다. 작은 놈 하나가 사라지면서 분
리와 합체의 패턴이 망가진 것이다. 명근이가 LA할배에게 물
을 뿌린 것도 그 때문이었다. 놈이 입자로 해체되었다가 공간
이동 후 재조립되는 과정에 균열을 일으키기 위해서였다. 물분
자로 놈의 입자들 일부를 날려 버리는 작전이었다. 언뜻 놈의
비명소리가 들린 것도 같았지만 놈은 바람과 함께 사라졌다.

6.

엄마는 또 야근이었고, 명근이는 저녁을 대충 해결한 뒤 교
복차림 그대로 책상에 앉았다. 오늘 할당량을 다 풀려면 교복
갈아입는 시간도 아껴야 했다. 하지만 으슬으슬 한기가 나고
코도 맹맹했다. 놈과 헤어진 뒤 피해자들의 규모를 파악하느라
찬바람을 맞으며 싸돌아다녔던 것이다. 결국 명근이는 전기장
판이 있는 안방 침대로 기어들어 갔다가 거기서 아침을 맞았
다. 엄마 말로는 중간에 일어나서 교복도 벗고, 엄마가 주는 꿀

차도 받아 마셨다는데 도통 기억이 나지 않았다.

기말고사 6일 전.

오랜만에 마주 앉은 엄마와 명근이는 한참이나 말이 없었다. 엄마는 밥스밥스 영업이 잘 안 되는지 표정이 무거웠고, 명근이는 명근이대로 LA할배와 기말고사라는 이중고를 간신히 버텨 내는 중이었다.

"결석한 거는 넘어가 줄 테니까, 몸 좀 챙겨. 벼락치기 며칠 한다고 성적이 오르는 것도 아닌데. 아들, 우리 너무 애쓰지 말자, 응?"

명근이는 엄마의 하나 마나 한 소리를 더는 참을 수가 없었다.

"애쓰지 말라는 소리 좀 그만해! 그게 말처럼 간단해?"

명근이는 숟가락을 내려놓고 횅하니 집을 빠져나왔다.

학교에선 담임의 꾸지람과 주영이의 잔소리를 흠씬 뒤집어써야 했다. 명근이는 두 사람의 격한 반응이 오늘따라 고마웠다. 두 사람은 하늘이 쪼개지기 전, 명근이의 평범했던 날들의 증인이었다. 친구들의 뒤통수를 보는 것만으로도 마음이 아릿했다. 하지만 감상에 젖기엔 일렀다. 명근이에겐 마쳐야 할 일이 있었다.

강희천은 교실에 없었다. 이반 애들 말로는 아침 등굣길에 코피를 뭉텅이로 쏟고는 집으로 돌아갔다 했다. 일이 급하게 돌아가고 있었다. 예쁜 구석이라곤 눈 씻고 찾아봐도 없는 녀석이지만 그렇다고 다른 차원으로 끌려가게 둘 순 없었다. 그건 오명근의 패배를 뜻하니까. 하늘이 두 쪽 나도, 아니 이미 두 동강 난 하늘이 수십 갈래로 쪼개져도 LA할배한텐 지기 싫었다.

종례가 끝난 뒤 명근이는 주영이의 어깨를 꽉 잡았다.

"혹시 영영 못 돌아올지 몰라서 하는 말인데, 잘살아라. 새끼야."

"하라는 독서실 등록은 안 하고 또 미쳐 날뛰지, 또! 시험기간마다 네가 이러니까 나까지 공부가 안 되잖아. 독서실 끊어 놓고 딱 하루밖에 못 갔다, 새끼야!"

명근이를 징신 나간 놈 취급하면서도 주영이는 명근이에게서 한 발짝도 멀어진 적이 없었다.

"휴…… 그래도 어쩌겠냐? 친구니까 참아 준다, 시바."

주영이는 뜨끈한 격려와 함께 명근이를 보내 주었다.

다행히 강희천은 명근이의 전화를 받았다. 녀석은 병원 진료를 받고 집에서 쉰다고 했다. 진찰 결과 별다른 이상은 없어서 몸살 약만 처방받았다 했다.

"그래도 나 죽었을까 봐 전화해 주는 건 너랑 LA할배밖에 없네."

"LA할배가 너 아픈 걸 어떻게 알아? 좀 이상하지 않아?"

"뭐가 이상하냐? 원래 LA할배들은 친척들 일에 관심이 많잖아."

녀석은 이제 LA할배가 팥으로 메주를 쑨다 해도 믿을 판이었다. 한심해서 전화를 끊으려는데 강희천은 끔찍한 소리를 보탰다.

"이건 너만 알고 있어라. 나 사실…… 입으로도 피가 넘어와."

통화를 마친 명근이는 강희천네 동네로 달려갔다. LA할배가 강희천에게 전화번호를 알려 주었다는 건 놈이 어떤 식으로든 피해자들 주변을 맴돈다는 뜻이다. 기말고사까지 남은 날은 6일. 6은 날선 긴장이 느껴지는 숫자였다. 카운트다운의 긴장이 최고조에 달하는 5, 4, 3, 2, 1을 코앞에 둔 상태니까. 명근이는 온몸의 근육이 팽팽해지는 걸 느꼈다. 기말고사건 LA할배건 이젠 죽기 아니면 까무러치기였다.

LA할배 생각도 그리 다르진 않은 모양이었다.

해 질 녘 김치찬네 동네 뒷길에서 마주친 놈은 온몸으로 열기를 내뿜고 있었다.

"머리에 흰 테를 쓴 인간들이 실험 대상이라면, 네놈은 제거 대상이야. 네놈이 나한테 한 짓을 봐라."

LA할배가 페도라를 벗었다. 수십 개의 크고 작은 구멍이 놈의 이마에 기이한 음영을 만들고 있었다. 명근이가 분무기로 입자들 일부를 날려 버린 결과였다. 그리고 놈의 정수리에 정체불명의 끈이 삐죽 솟아 있었다. 놈의 입자가 인간 형상으로 재조합하는 과정에서 끈이 섞여 들어간 모양이었다.

명근이는 놈을 향해 분무기를 분사했다. 일찍이 먼지엔 물청소가 답이라던 엄마의 말에서 착안한 무기였다. 하지만 인간꼴로 완전히 탈바꿈한 놈은 물 분자 따위에 꿈쩍도 하지 않았다. LA할배는 뺨의 물기를 닦아내고는 명근이를 향해 손을 치켜들었다. 명근이는 순식간에 뒤로 떠밀려, 철거를 앞둔 건물 외벽에 척 들러붙었다. 명근이는 형틀에 묶인 것처럼 옴짝달싹할 수가 없었다.

"으윽!"

강한 에너지가 명근이의 목덜미와 폐부를 압박해 들어왔다. 숨이 차오르고 눈알이 튀어나올 것 같았다.

"이 세계에선 나를 해칠 자가 없다고 분명히 경고했을 텐데."

그때 저편 어둠에서 걸걸한 목소리가 날아들었다.

"나 역시 경고했을 텐데. 썩 꺼지라고!"

이윽고 가로등 불빛 아래 모습을 드러낸 사람은…… 엄마였다.

엄마는 싸울 작정을 하고 온 사람처럼 허리춤에 길쭉한 막대까지 차고 있었다. 캠핑용 토치였다.

"너는…… 그때 그 밥스밥스?"

놀랍게도 LA할배와 엄마는 구면이었다. 엄마는 대답 대신 놈에게 돌을 던졌다. 순식간에 팔매질을 당한 놈은 몸을 휘청거렸다. 엄마는 그 틈을 놓치지 않고 놈에게 달려들어 정수리에 솟아 있던 끈을 잡아당겼다.

"내 신발끈 내놓으시지!"

"으……으악!"

LA할배가 머리통을 거머쥐고 비명을 질렀다.

하얀 신발끈이 쑤욱 뽑혀서 올라오면서 놈은 정수리 쪽부터 입자로 변하기 시작했다. 하지만 아직 형상을 유지하고 있는 두 손이 엄마의 목을 졸랐다.

"윽."

엄마는 신음소리를 내뱉으며 뒷걸음질 쳤다.

"엄마!"

명근이는 부리나케 달려가 엄마의 허리춤에서 토치를 뽑아들었다. 그러고는 토치의 불길로 놈의 입자들을 마구 지졌다. 날카롭고 기괴한 비명이 울리더니 놈은 한 줌 먼지가 되어 바닥으로 흩어졌다. 어느새 몸을 추스른 엄마가 분무기로 땅바닥에 물을 뿌렸다. 먼지엔 물청소가 답이니까.

7.

엄마에게 묻고 싶은 게 한두 가지가 아니었다. 하지만 엄마는 거래처 사람들과 통화하느라 저만치 뒤처져 있었다. 명근이도 강희천에게 전화를 걸었다. 녀석은 두통이 사라졌다며 병원 처방전이 효험이 있다 했다. 명근이는 걸음을 멈추고 밤하늘을 올려다보았다. 하늘을 가로지르던 예리한 틈새는 사라지고 없었다.

"경계면이 잘 아물었지?"

어느새 통화를 마친 엄마가 명근이 옆으로 다가섰다.

"침입자가 소멸하면 경계면이 아무는 거야?"

"결과적으론 그렇지. 하지만 파괴된 경계면을 원상복구한 건…… 너야. 애초에 경계면을 찢은 게 너거든. 네 스트레스 에너지가 경계면에 구멍을 낸 거야."

"말도 안 돼."

명근이는 머리를 감싸 쥐었다. 인정하긴 싫었지만 명근이는 어렴풋하게나마 그 사실을 알고 있었는지도 모른다. 찢긴 경계면으로 괴물들이 넘어올 때마다 자기 일처럼 나서서 싸운 것도 그래서였을 것이다.

"아빠를 닮았으면 좋았을 텐데…… 하필 날 닮아서는."

"그럼 엄마도 나랑 같은 능력이 있는 거야?"

"그래. 고등학생 때 갑자기 그 몹쓸 능력이 생겼지 뭐니. 나 스스로 경계면에 구멍을 내놓고는 거기로 넘어온 침입자를 때려잡느라 혼자 북 치고 장구 치며 살았지. 미친년 소리도 많이 들었다. 그래도 네 아빠 만나고부터는 한동안 잠잠했어. 그러다가 너 태어나고 월세, 전세 전전하며 이사 다니면서 다시 시작된 거지."

"그걸 왜 지금 말하는 건데? 미리 귀띔이라도 해 줬으면 좋았잖아!"

명근이는 서러움이 북받쳤다.

"너도 그럴 줄은 몰랐으니까 나는 주로 대출금 분납 상환일이 가까워지면 이 증상이 나타나거든. 그런데 이번에 우연찮게 대출금 상환 시기랑 네 시험 기간이 겹치면서 알게 된 거야. 내가 찢어 먹은 경계면은 전철 선로에 있었어. 삼 미터는 돼 보이는 나방 형태 괴물이 튀어나와서 난리도 아니었지. 퍼덕거리며 도망가는 놈을 사냥하다가 하늘이 찢긴 걸 발견했어. 처음에는 그것도 내가 찢은 건 줄 알았어. 아까 그 영감을 추적하는 과정에서 하늘을 두 쪽 낸 장본인이 오명근이란 걸 알았지."

그동안 엄마는 엄마대로 LA할배와 싸우고 있었다고 했다. 놈이 입자형 괴물이란 걸 알아차린 엄마는 그저께 밤에 놈의 입자 구름 속에 운동화 신발끈을 던져 넣었다. 명근이는 그제야 엄마가 발가락이 피투성이가 되어 돌아온 이유를 알 수 있었다. 신발끈과 신발을 무기로 써먹고는 맨발로 돌아온 것이다.

"아빠는 널 지키고 싶어 했어. 만에 하나 너도 나처럼 될까 봐 항상 신경을 썼지."

"아빠도 엄마가 그런 줄 알고 있었던 거네?"

"그래. 괜히 우리 집 가훈이 '너무 애쓰지 말자'겠니?"

엄마 아빠가 부담을 주지 않아도 명근이는 늘 시험이 벅찼다. 시험은 닥쳐올 인생이 호락호락하지 않으리라는 암시였고,

아무리 용을 써도 안 되는 일이 있다는 메시지였으니까.

아파트 단지가 보일 즈음 엄마의 전화 통화가 다시 시작되었다. 윤 사장과 해리 언니를 거쳐 정훈 씨까지 엄마의 통화는 끝날 기미가 없었다. 명근이는 엄마를 흘깃 보았다. 돌이켜 보면 크고 작은 고비마다 명근이의 곁엔 엄마가 있었다. 엄마는 엄마 몫의 짐을 지고서 명근이의 옆에 있었던 것이다. 아들이 걱정할까 봐 경계면의 비밀을 숨긴 채 말이다.

어느새 엄마의 통화는 배달음식 주문으로 넘어가 있었다. 오늘 메뉴는 밥스밥스 책자의 1면에 있는 낙지소면과 꽃빵이었다. 명근이는 벌써부터 입에 침이 고였다. 두 쪽 났던 하늘이 다시 멀쩡해진 기념으로 배 터지게 먹을 작정이었다. 그런 다음 심기일전하여 시험공부를 할 생각이었다.

남은 문제집은 얼추 160장, 남은 날은 6일. 160 나누기 6은 26.666…이니까 넉넉잡고 27장씩만 풀면 기말고사는 문제없을 것이다. 아무튼 계산은 그랬다.

　나는 이렇게 힘든데 하늘은 왜 저리 멀쩡할까, 화가 나던 때가 있었다.

　내가 아픈 만큼 하늘에도 확 생채기가 생겼으면 좋겠다고 일기에 써내려 가던 날이 있었다.

　그날의 기억에서 한 아이가 태어났다.

　삶의 스트레스가 극에 달하면 세상의 찢긴 곳이 보이는 아이, 어쩌면 지 스스로 세상에 손톱자국을 내는 아이. 그 아이에게 명근이라는 이름을 지어 주기까지 꽤 오랜 시간이 걸렸다.

　세상의 찢긴 틈새로 괴물들이 넘어오고, 명근이는 괴물들과 맞서 싸운다. 내세울 만한 초능력도 번듯한 무기도 없다. 그때그때 괴물의 속성을 파악한 다음, 그에 맞는 작전을 짜는 수밖에 없다.

　명근이의 세상으로 끝없이 괴물을 들여보내는 범인은, 여러분이 짐작하는 그자가 맞다.

인생 씨.

그래서 명근이의 싸움은 끝이 없다. 삶이 다하는 순간까지 싸우는 수밖에 없다. 길고 묵묵하고 외로운 전쟁을 치르는 명근이를 위로할 방법은 하나밖에 없다. 너만의 싸움이 아니라고 말해 주는 것. 나 역시 네 곁에서 밤새 싸우고 있었다고 알려 주는 것.

숨찬 고백 끝에 맞잡은 두 손…….

인생 씨, 우리도 반격을 준비하고 있단 것만 알아둬.

최영희

한수영

전북 임실에서 태어났다. 2002년 중앙신인문학상으로 등단해 2004년 『공허의 1/4』로 오늘의작가상을 수상했다. 그동안 펴낸 책으로 소설집 『그녀의 나무 핑귀리』, 장편소설 『플루토의 지붕』, 『조의 두 번째 지도』가 있다.

마할의
여름

내 별명은 '마할'이다. 마귀할멈에서 따온 거라는 걸 알지만 나는 모른 척한다. 내 앞에서 직접 그렇게 부르는 애들은 없다. 그랬다가는 무슨 일이 일어날지 아는 거다. 내가 외할머니한테 배운 말로 할퀴어 줄 거라는 걸. 나라고 뜻을 완전히 알고 쓰는 건 아니다. 외할머니의 표정과 말투를 흉내 내 대충 비슷한 걸로 던지는 것뿐이다. 그런데도 아이들은 무시무시한 말을 들은 것처럼 얼빠진 표정을 한다. 그렇게 물러 터져서야 원.

우리 가족은 넷이다. 외할머니, 엄마, 오빠 그리고 나. 아빠는 내가 네 살 때 우리한테서 걸어 나갔다. 새로 책임져야 할 사람이 생겼다고 했다. 몇 차례의 싸움과 엄마의 흐느낌과 오빠의 위로가 이어졌다. 엄마는 내가 책임질게. 그때까지만 해도 오빠는 괜찮은 편이었다. 아빠 빈자리에 외할머니가 들어왔다.

엄마가 미장원에서 일하는 동안 외할머니는 우니를 양쪽 소매 랑이에 하나씩 끼고 책임졌다.

우리 가족은 다들 바쁘다. 엄마는 손님 머리 손질하랴 오빠 한테 속아 넘어가랴 바쁘고, 오빠는 엄마 몰래 딴짓하느라 바쁘다. 외할머니 머릿속에서는 기억들이 빠져나가느라 바쁘다. 엄마는 날더러 멍 때리고 앉아 있다고 하지만 나도 바쁘다. 이런저런 걱정과 공상과 다짐이 끊임없이 생겨났다 사라지기를 반복한다. 멀리서 보면 잔잔해 보여도 끊임없이 파도가 찰싹대고 있다는 말이다. 거기에 외할머니와 루시아까지 챙겨야 한다.

루시아와는 작년 가을에 만났다. 엄마 대신 쓰레기를 버리러 갔다가 음식물쓰레기통을 뒤지던 고양이와 눈이 마주쳤다. 엄마는 잘 생각하라고 한번 그러기 시작하면 끝까지 책임져야 한다고 엄포를 놓았지만, 나는 다음 날부터 먹이를 주기 시작했다. 엄마가 고양이 먹이를 사 주는 대신 재활용품 분리 배출과 주말 설거지는 내 차지가 되었다. 루시아라고 이름도 붙였다. 할머니는 고양이는 은혜를 모른다고 하지만 은혜받자고 그러는 게 아니다. 그러니 내가 제일 바쁜 셈이다. 애들이 나를 뭐라 부르든 신경 쓸 틈이 없었다. '마할'

이든 '망할'이든 상관없다는 말이다. 하지만 오늘의 '마할'은 좀 달랐다.

점심시간. 화장실 변기에 앉아 있다가 밖에서 나는 소리를 듣게 되었다. 둘 다 내가 아는 목소리였다. 우리 반 애들이었는데 거기에 자기들 말고 다른 누군가가 있을 거라고는 생각하지 못하는 것 같았다. 그러고도 남을 애들이었다. 눈에 띄게 단짝인 둘은 지난번 도서실에서 사서선생님께 두 번이나 주의를 받았다. 핸드폰으로 방탄소년단 동영상을 보며 킬킬거렸고, 그중 한 애는 벨을 진동 모드로 바꾸지도 않아 우리는 엄청난 벨소리를 들어야 했다. 그런 애들이 하는 얘기라 대충 듣고 있었다. 몇몇 애들에 대한 소문과 험담이 오가다 드디어 내가 등장했다.

"아 참, 걔한테서는 이제 할머니 냄새까지 나더라."

치아 교정장치 때문인지 늘 입이 튀어나와 있는 애 목소리였다.

"누구?"

비루먹은 강아지처럼 생긴(언젠가 할머니는 드라마를 보다 거기 나온 배우를 보고 그렇게 말했다. 얘랑 그 배우가 닮았다. 좀 미안하긴 하다)

애가 더듬었다.

"누구긴. 마할이지."

나는 변기에 앉은 채로 코웃음을 쳤다. 급식 먹을 때 보면 너야말로 할머니거든. 교정장치에 뭐가 끼는지 젓가락으로 후비곤 하는데 그럴 때마다 외할머니 틀니에서처럼 덜거리는 소리가 났다. 그 애들한테는 어떤 말을 들어도 아무렇지 않았다. 나는 밖으로 나가 그 애들 눈을 똑바로 쳐다보며 말해 줄 작정이었다. 할머니랑 먹고 자는데 당연하지. 그런 다음 이렇게 아무 말이나 덧붙이는 거다. '인생 화무십일홍인 거 모르니?'라거나 '거미는 작아도 줄만 잘 치거든' 같은 거. 그 애들은 내가 놀리는 줄도 모르고 고개를 끄덕일 거였다.

하지만 나는 그러지 못했다. 그만 일어서려던 순간 현우 이름이 들렸기 때문이다. 오늘 밤 애들 몇이 축구경기를 보러 갈 거고, 그중에 현우도 있었다. 며칠 전 러시아 월드컵이 개막했다. 오늘은 우리나라와 스웨덴이 붙는 날이었다. 지난주 내내 구청 앞 사거리에 응원전 안내 현수막이 걸려 있었다. 현우 이름이 몇 번 더 나왔지만 손을 씻는지 수돗물 소리에 섞여 잘 들리지 않았다.

나는 셔츠를 당겨 냄새를 맡아 보았다. 겨드랑이에 코를 묻고 숨을 들이켰다. 희미한 땀 냄새 말고 다른 건 없었다. 엄마가 떠올랐다. 엄마도 옷과 손에서 분명 파마약, 염색약 냄새가 나는데 잘 모르겠다고 한다. 자기 냄새는 맡지 못하는 거다. 얼굴이 화끈거렸다. 할머니가 생각나고 루시아도 생각났다. 비가 오는 날이면 루시아한테서 흙먼지 비슷한 냄새가 난다. 나한테서 난다는 냄새가 내 짝 장현우의 콧속으로 흘러들어 가는 장면이 눈앞에 펼쳐졌다. 나는 숨을 멈추고 눈을 감아 버렸다.

오후가 어떻게 흘러갔는지 모르겠다. 다행히 5교시는 체육 시간이라 현우와 멀찍이 떨어져 있을 수 있었다. 팀을 나눠 피구를 했는데 '교정장치'와 현우는 한 팀이 되었다. 햇빛 속이라 그런지 교정장치가 달라 보였다. 유난히 긴 다리와 셔츠 아래 볼록 솟은 가슴으로 자꾸 눈이 갔다. 그 옆에서 현우는 날아오는 공을 척척 잡아내고 있었다. 나는 일찌감치 공에 맞아 죽어 있었다. 뭔가 슬픈 일이 벌어지고 있다는 느낌이 들었지만 그게 뭔지 알 수 없었다. 현우와 그 애가 하이파이브를 하던 순간에는 운동장이 왜 꺼지지 않고 그대로인지 의아했다.

종례시간에 혀우에게 정말 응원건에 기기고 친 긴끼 획인에 보려다 그만두었다. 하이파이브에서 받은 충격으로 아직도 멍한 상태였다.

나는 상상 속에서 두더지로 변신해 나한테서 난다는 냄새를 찾기 위해 킁킁거리기나 할 뿐이었다.

아파트 정문 주변은 학원 버스와 오가는 사람들로 부산했다. 학교에서 영어학원으로 갔다가 거기서 곧장 여기로 왔다. 잠시 후면 할머니를 태운 셔틀버스가 도착할 것이다.

엄마와 나는 거기를 '유치원'이라고 부른다. 외할머니가 다니는 데이케어센터 말이다. 할머니는 아침 아홉 시 아파트 정문에서 버스를 타고 갔다가 저녁 여섯 시 그 버스를 타고 돌아온다. 센터에는 할머니 열둘, 할아버지 세 분이 다니고 있다.

"할아버지들 인기가 많겠네?"

언젠가 내가 떠본 말에 할머니 대답은 이랬다.

"늙으나 젊으나 남자들은 맨 천디꾸러지."

할머니들과 천덕꾸러기 할아버지들은 오전, 오후 두 번의 간식과 점심을 함께 먹고 맨손체조, 색칠 공부, 노래 배우기 수업을 함께한다. 봉사활동 나온 대학생들의 안마를 받기도 하고, 어버이날에는 똑같은 모양의 카네이션 조화를 가슴에 달고 닭백숙 같은 특별식을 대접받기도 한다. 가끔 사소한 오해로 다퉈 교사들을 곤란하게 하는 것도 빠트리지 않는다. 내가 보낸 유치원 시절과 똑같다. 원생들의 나이가 여섯, 일곱에서 일흔, 여든으로 바뀐 것뿐이다.

할머니는 혼자서도 셔틀버스 서는 곳까지 오갈 수 있다고 하지만 혼자 보내면 안 된다. 센터 규칙이다. 아침에는 엄마가 할머니를 버스에 태워 보낸 뒤 출근하고, 저녁에는 내가 할머니를 데리고 온다. 7년 전에는 그 반대였다. 할머니가 나를 유치원 버스에 태워 보냈고 마중을 나왔다. 그때도 정문 앞 이 자리였다.

저쪽 사거리에서부터 차들이 길게 늘어서 있다. 셔틀버스는 아직 보이지 않았다. 월요일은 다른 날보다 차가 밀린다. 거기다 오늘은 여기저기서 응원전이 열릴 예정이었다.

화장실에 앉아 있는 내 모습과 현우와 '교정장치'가 하이파이브하는 모습이 뒤섞여 떠올랐다. 한숨이 나왔다. 영어학원에서도 집중하지 못했다. 애들은 학원 끝나고 곧장 거기로 가는 모양이었다. 좋은 자리를 잡으려면 서둘러야 한다고 했다. 다르 학원에 다니는 현우한테서 함께 기기는 믄지끼 오긴 쟀니. 됐어. 나는 그렇게만 답장하고 말았다. 루시아 밥은 엄마한테 부탁하면 되지만 할머니는 나밖에 기다릴 수 있는 사람이 없었다. 엄마 미장원은 일곱 시에 문을 닫고 오빠는 고3이다. 그렇긴 해도 자꾸 억울하다는 생각이 들었다.

태권도학원 차가 멈추고 도복 차림의 아이들이 내렸다. 유치원생쯤 되어 보였다. 현우랑 나도 같은 유치원, 같은 태권도학원에 다녔다. 우리 둘 다 늦둥이여서 엄마들끼리도 친하고 현우는 아직도 우리 엄마한테 머리를 깎는다. 현우는 나를 '마할'이라고 직접 부를 수 있는 유일한 애였다. 나한테 몇 번이나 연애 상담도 받았다. 지금까지 나에게 현우는 제일 친한 남자애일 뿐이었다. 하지만 얼마 전부터 문제가 생겼다. 특별한 건 없었다. 현우가 책을 읽으면서 머리칼을 꼬았다 풀었다 하는 걸 본 것뿐이다. 집중할 때면 나오는 버릇이다. 지금까지 백만 번도 더 본 모습인데 그 순간 이유 없이 심장이 쿵, 했다.

'효 데이케어센터'라고 적힌 셔틀버스가 서고 할머니가 내리는데도 나는 알아보지 못했다. 할머니가 잔걸음으로 다가오는 동안 계속 딴생각에 빠져 있었다. 현우를 보면 가슴이 뛰면서 동시에 배신자가 된 기분이 들었다. 친구끼리 이러면 안 되는 거였다. 무조건 내가 나빴다. 시간이 지나자 나아지긴 했다. 그런 줄 알았다. 하지만 오늘 점심시간 이후로 다시 이 상해졌다. '교정장치'의 웃는 얼굴이 자꾸 떠올랐다. 교정장치 를 뗀 모습을 상상해 보았다. 인정하고 싶지 않지만 무지 예 뺐다.

어느새 다가온 할머니가 내 손을 잡았다. 깜짝 놀라 나도 모르게 손을 뿌리쳤다. 나는 말도 없이 앞장서 걷기 시작했 다. 내가 유치원 버스에서 내리면 할머니는 세상에서 제일 귀한 걸 돌려받기라도 한 것처럼 나를 안아 주곤 했었다. 며 칠 전까지만 해도 나도 그렇게 했다. 오늘은 그럴 기분이 아 니었다.

"부아가 단단히 나셨구먼."

등 뒤에서 할머니가 말했다. 앞으로 넘어질 듯 구부정하고 느린 걸음으로 따라오고 있을 거였다. 그걸 알면서도 나는 약 이 올라 빨리 걸었다. 그러다 고개를 틀어 돌아보았다. 할머니 가 잘 따라가고 있다는 표시로 손을 흔들어 보였다. 나는 참지 못하고 소리치고 말았다.

"부아가 뭐예요. 누가 할머니처럼 그런 냄새나는 말을 쓰냐

구요!"

할머니가 또 손을 흔들었다.

"어여 가."

"구청에 나가 볼래."

루시아에게 밥을 주고 와서 나는 엄마에게 말했다. 루시아
는 언제나처럼 화단 라일락나무 아래서 기다리고 있었다. 매
일 밤 여덟 시가 우리가 약속한 시간이었다. 엄마는 TV로 보
는 게 더 낫다고 하지만 나는 고집을 꺾지 않았다. 혼자 가고
싶었는데 엄마는 기어이 따라나섰다. 초저녁잠이 많은 할머니
는 벌써 졸고 있었다. 사실 나는 축구보다 야구를 더 좋아한다.
야구에는 축구에서는 찾아볼 수 없는 빈틈의 아름다움이 있
다. 동양화랑 비슷하다. 1루, 2루, 3루는 바다 한가운데 뜬 섬
이다. 아홉 명의 선수들은 각자 뚝뚝 떨어져 등대처럼 자기 자
리를 지키고 있다. 공 하나에 우르르 몰려다니는 축구선수들
을 보면 우리 반 남자애들을 보는 것 같다. 거기다 프리킥 순
간 두 손으로 일제히 배꼽 아래를 가리고 서 있는 모습은 완전
미어캣이다.

외할머니가 잠든 걸 확인하고 나오느라 구청에 도착했을

때는 전반전이 20분이나 지나 있었다. 우리나라 첫 경기인데다 무더워진 날씨 때문인지 구청 마당은 사람들로 꽉 차 있었다. 두근거리는 마음으로 훑어보는데 엄마가 내 손을 잡아당겼다. 주차 차단기 옆에 겨우 자리를 잡았다. 앞쪽에 가려 스크린 아랫부분이 보이지 않았지만 상관없었다. 어차피 경기를 보러 온 게 아니었다. 나에게 축구는 토요일 아침마다 우리 학교 운동장에서 열리는 아저씨들 축구나 월드컵이나 그게 그거였다.

자리에 앉자마자 눈을 감았다. 어떤 종목이든 내가 보면 내가 응원하는 팀이 지는 징크스 때문이었다. 지난번 동계올림픽 여자 컬링 결승전도 그랬고, 작년 프로야구 코리언시리즈도 그랬다. 참았어야 했는데 내가 봐서 모두 졌다. 이번에는 현우를 생각해서라도 그러면 안 되었다. 어쩌다 눈을 뜰 때는 스크린 쪽은 아예 쳐다보지 않고 밤하늘을 올려다보았다. 탄성이 터져 나올 때마다 현우 목소리가 들리는지 귀를 기울였다.

오빠가 나타난 건 후반전이 막 시작될 무렵이었다. 모두 기대와 나쁜 예감이 반반 섞인 표정으로 경기 시작을 기다리고 있었다. 그때 스크린 앞으로 교복 차림의 남학생 셋이 지

나가다 눈에 익은 교복이다 싶은 순간 엄마의 내 눈에 비치
쳤다. 맨 뒤 삐죽하게 키가 큰 교복이 오빠였다. 어떻게 몰라
볼 수 있겠는가. 엄마는 오빠가 명왕성에 있어도 알아볼 수
있는 사람이었다. 그 시간 오빠 엉덩이는 학원 의자 위에 있
어야 했다. 다음 주부터 시작되는 기말고사 대비 보강수업이
있었다.

엄마 입에서 벌써 오빠 이름이 울려 퍼지고 있었다. 러시아
에 있는 경기장까지 울리고도 남을 목소리였다. 정말 거기까
지 닿았는지 엄마의 목소리를 신호로 후반전이 시작되었다. 앞
줄에서 맥주를 들이켜던 아저씨가 사레에 들려 맥주를 뿜었다.
사람들이 엄마와 나를 힐긋거렸다. 어느새 교복 셋은 튀고 있
었다. 손흥민보다 빨랐다.

엄마와 나는 레드카드를 받은 것처럼 걸어 나왔다. 어디선가
현우가 보고 있을 것 같아 고개를 들 수 없었다. 내가 오빠한테
바라는 건 딱 하나다. 뭘 해도 좋은데 제발 엄마한테만 들키지
말라는 거다. 좀. 그게 그렇게 어려울까?

이번에도 엄마는 오빠가 들어오면 핸드폰부터 압수할 것이
다. 등짝 두 대하고. 백만 번쯤 있던 일이라 새롭지도 않다. 엄
마도 그 벌칙이 좋은 게 아니라는 걸 알고 있다. 오빠와 연락이

안 되면 괴로운 쪽은 엄마였다. 하지만 다른 방법을 찾지 못했다. 오빠 입장에서는 아쉬울 게 없다. 어차피 엄마에게 걸려오는 전화를 받는 용도의 2G폰이라(수능 끝나면 최신형 아이폰으로 바꿔 주겠다는 계약을 걸고 일 년만 쓰기로 했다) 차라리 없는 게 나았다. 그런데도 뺏길 때마다 억울하다는 표정으로 툴툴거린다. 우루과이의 수아레스도 울고 갈 할리우드 액션이다. 그러다 등짝 한 대 더 맞고 끝이 날 거고.

사거리에서 신호가 바뀌길 기다리는데 등 뒤에서 환호가 터졌다. 나도 모르게 고개를 돌려 구청 마당의 스크린을 보고 말았다. 울적한 마음에 방심한 거였다. 우리나라 선수가 공을 몰아 달리고 있었다. 하지만 곧 스웨덴 선수의 태클에 걸려 넘어지고 말았다. 나 때문이었다.

엄마와 엄마의 미장원 단골 아주머니들은 월드컵이 학업의 최대의 적이라고 생각한다. 월드컵 다음 해에는 남자 재수생이 엄청 늘어나게 되어 있단다. 믿거나 말거나.

예상대로 오빠는 핸드폰을 압수당했다. 엄마는 TV 시청 금지령까지 내렸다. 핸드폰만으로는 부아가 가라앉지 않은 것이다. 나는 항의하려다 엄마의 뺨이 벌겋게 달아오르는 걸 보고 그만두었다. 그게 이민 신호인지 알기 때문이나. 생년기능우군. 백만 기가급 '중2병'이라고 할 수 있었다. 때와 장소를 가리지 않고 솟구치는 땀, 얼굴을 벌겋게 달구는 열기가 엄마를 괴롭혔다. 벌써 엄마 이마와 귀 아래쪽에 땀이 맺히는 게 보였다. 이럴 때 엄마를 자극하면 안 된다. 엄마의 폐경과 오빠의 수능과 월드컵이 겹치다니. 이건 엄마의 잘못도 오빠의 잘못도 FIFA의 잘못도 아니었다. 그냥 겹친 것뿐이었다. 아빠의 출가 이후 최악의 대진표였다.

그날로 우리 집에서 러시아 월드컵은 공식적으로 끝이 났다. 부산에서 모스크바까지 기차 타고 가는 세상이 올 거라고 하지만 우리 가족에게 러시아는 아직 멀고도 먼 나라였다.

우리나라가 스웨덴에 졌다. 1:0.

그 며칠, 엄마는 여전히 저기압이었고, 나는 학원이 끝나면 달려와 아파트 정문에서 할머니를 기다렸고, 밤이면 문자로 현우에게 내 마음을 털어놓을까 말까 고민했다. 몇 가지 변화도 있었다. 나는 덥다는 핑계로 거실에서 엄마랑 자기 시작했다. 등교 전에는 오랫동안 샤워를 하고 엄마 향수를 몰래 뿌린다. 학교에서는 가급적 외할머니식 말투를 쓰지 않으려고 노력한다. 현우와는 일부러 거리를 둔다. 너 좀 이상해졌어. 현우가 그렇게 말했을 때 너무 기뻐 날아오를 뻔했다. 예전의 내가 아니라는 걸 알아본 거었다. 그렇다고 섣불리 내 마음을 털어놓으면 안 되었다.

"선우야."

우리나라와 멕시코 경기가 있기 전날, 책상 앞에 앉아 현우 생각에 빠져 있는데 오빠가 조용히 다가와 내 이름을 불렀다.

나는 등을 꼿꼿이 세우며 의자를 당겨 앉았다. 오빠가 이렇게 내 이름을 부르고 시작하는 날은 조심해야 했다. 뭔가 아쉬운 소리를 할 때면 꼭 그렇게 했다.

"수능은 해마다 볼 수 있어, 해마다. 월드컵은 4년에 딱 한 번 볼 수 있고. 뭘 놓치면 안 될 거 같냐?"

"수능."

나는 오빠를 쳐다보지도 않고 대답했다. 오빠는 아랑곳하지 않고 계속했다.

"집중하려 해도 잘 안 돼. 이럴 바에는 차라리 월드컵을 보고 그 시간만큼 팍 집중해서 문제 푸는 게 깔끔하지. 안 그래? 너도 시험공부 해 봤잖아."

오빠는 정말 집중하고 싶어 미치겠다는 표정으로 이미 티비를 쥐어뜯었다. 우리나라의 남은 경기 두 번과 결승전 한 번, 그렇게 세 번만 볼 테니 내 핸드폰을 빌려 달라는 거였다. 고3이 중1한테 쩔쩔매며 그런 부탁을 하고 있었다. 나도 모르게 한숨을 내쉬긴 했지만 안됐다 싶기도 했다. 어차피 오빠는 수능과 상관없는 사람이었다. 우리 가족 모두가 인정하는 사실을 엄마만 받아들이지 않고 있었다.

오빠 꿈은 세계 최고의 헤어디자이너(내가 미용사라고 할 때마다 오빠는 헤어디자이너라고 강조한다)가 되는 거다. 엄마는 그런 낭만적인 얘기는 꺼내지도 말라고 했다. 이 일이 얼마나 어려운지 몰라서 그런다는 거였다. 손바닥 껍질이 열 번은 벗겨져야 돼. 간, 쓸개 다 내놔야 하고. 그래도 오빠가 물러서지 않자 엄마는 뭘 하든 대학은 나와야 한다고 했다. 같은 가위를 들어도 대학 나온 사람하고 아닌 사람하고는 가윗밥이 달라. 그렇게 말해 놓고 엄마는 자기가 생각해도 어이없다 싶었는지 웃고 말았다.

월드컵 중계 시간이 한밤중만 아니라면 오빠는 분명 친구들이랑 피시방에서 보고 올 거였다. 오빠의 통금시간인 열한시 이후에 하는 중계라 어쩔 수 없이 나한테 부탁하는 거였다. 내 생각에도 보고 집중하는 게 나았다. 그렇다고 나마저 엄마를 배신할 수는 없었다. 엄마에게 덜 미안할 방법을 찾아야 했다.

"세 번은 안 돼. 두 번."

말을 마친 나는 재빨리 눈을 내리깔았다. 단호하게 보여야 하기 때문이다.

"알았어. 독일전하고 결승전만 볼게."

오빠가 어쩔 수 없다는 듯 고개를 끄덕였다.

"삼만 원."

나는 틈을 주지 않고 공격했다. 오빠와 거래를 할 때마다 쓰는 방법이었다.

"이만 원이지 왜 삼만 원이야? 두 번인데?"

이미 말려든 오빠가 이렇게 희한한 얘기는 처음이라는 표정으로 따졌다.

"결승전이 꼈잖아. 결승전은 티켓 값도 열 배가 넘을걸. 두 배면 거저지."

용돈은 늘 모자랐다. 가끔 루시아한테 참치캔을 사 주거나 영어학원 1층에 있는 버거킹에서 세트메뉴라는 과소비를 하기 때문이다. 학교 앞 문구점에 비비크림 신제품이 들어왔다.

우리 반 여자애 중에 그걸 쓰지 않는 사람은 미까에 없을 거다. 이젠 나도 그걸 쓸 때가 됐다. 급전이 필요했다.

"좋아, 만 원 깎아줄게."

나는 오빠가 없던 걸로 하자고 할까 봐 얼른 덧붙였다. 부엌 쪽에서 달달하고 매콤한 떡볶이 냄새가 풍겨 왔다. 엄마가 수험생 아들을 위해 준비하는 밤참이었다. 잠시 후 오빠는 이만 원을 들고 왔다.

"아 참, 이니에스타 알아?"

나는 돈을 받아 넣으며 갑자기 생각난 듯 물었다.

"뭔 스타? 아이돌이야?"

오빠가 되물었다. 나는 더 이상 아무 말도 하고 싶지 않으니 얼른 나가라는 표시로 손짓을 해 보였다.

멕시코가 우리나라를 이기고 우리나라가 독일을 이겼다. '내가 보면 진다'는 징크스를 잊기로 했다. 거실의 TV를 켜지 않았지만 앞 동 뒤 동에서 터져 나오는 소리로 어느 편이 공을 잡았는지 알 수 있었다. 환호가 탄식으로, 탄식이 환호로 바뀌는 걸 듣고 있다 보면 공의 궤적이 보였다. 아파트 전체가 거대한 중계탑이었다. 멕시코전이 끝나고는 앞 동에서 부부싸움이 나

경찰차가 출동했다.

독일전이 열리던 날, 오빠에게 핸드폰을 주기 전에 현우랑 주고받았던 문자를 모두 지웠다. 내 마음을 감춘 완전 친구 사이 문자였지만 오빠가 눈치챌 수 있었다. 오빠는 그쪽으로 감이 좋았다. 그 감이 공부 쪽으로 갔어야 하는데 말이다.

우리나라가 공을 넣었는지 환호와 비명으로 아파트가 지진이 난 것처럼 흔들렸다.

엄마와 나는 나란히 거실에 누워 그 소리를 들었다. 엄마가 오빠 방을 덮칠까 봐 나는 우리 반 애들 얘기로 엄마를 붙잡았다. 현우 얘기도 슬쩍 끼워 넣었다.

"현우는 요즘 어때?"

엄마가 물었다. 어둡지만 엄마가 미소를 짓고 있다는 걸 알 수 있었다. 엄마는 처음부터 현우를 좋아했다.

"뭐가?"

"현우 엄마 말로는 슬슬 사춘기 시작인 것 같던데? 방문 걸어 잠그고 그러는 거 보면."

"목소리가 느끼해지긴 했어."

"요즘 거울 앞에서 산다던데……. 음마, 혹시 딴 여친 생긴 거 아냐? 우리 선우 놔두고?"

엄마는 뭐가 우스운지 킬킬거렸다. 유치원생 때 현우가 너랑 결혼하겠다고 제 엄마 조른 것 기억하냐, 우리 선우 현우 이름도 딱 떨어지잖아, 도토리만 했는데 다들 언제 이렇게 컸다니, 그러니 안 늙고 배길 수 있나. 엄마는 혼자 중얼중얼하다 잠이 들었다. 그러다 이웃에서 환호가 터지면 투덜투덜 잠꼬대를 했다. 수험생 있는 집도 좀 생각해 줘야지. 늬 오빠 땜에 잠이 안 온다.

나는 '여친'이라는 말 때문에 잠을 이룰 수 없었다. 요즈음 현우는 어딘가 울적해 보이면서도 들떠 있었다. 정말 여친이 생긴 걸까? 설마 교정장치? 그 애는 현우가 좋아하는 타입이 아니었다. 지금까지 현우가 좋아한 애들을 보면 자그마한 키에 조용한 분위기였다. 교정장치는 정반대였다. 그렇다면 혹시나? 현우도 나처럼 우정이 사랑으로 변해 가는 것에 당황하고 있는 걸까?

독일전을 마지막으로 우리나라 경기가 모두 끝났다. 16강 진출이 꺾이자 우리 반 남자애들은 세상이 끝난 것처럼 굴었다. 벌써 4년 후 월드컵을 걱정하는 마마보이도 있었다. 그땐 고등학생인데 엄마가 보게 해 줄까?

FIFA를 고발이라도 할 것 같던 엄마는 독일전을 빌려 오빠에게 힘을 불어넣었다. 그것 봐라. 우리가 독일 이길 거라고 누가 생각했겠냐? 죽기 살기로 덤비면 꼴등이 일등 되고 일등이 꼴등 되는 거야. 날 때부터 정해져 있나? 다 저 하기 나름이지.

거기서 멈췄어야 했는데 엄마는 골대를 넘겨 버렸다. 혹시 알아? 우리 선호 떡하니 서울대 합격할지? 못할 거 뭐 있어. 독일도 이기는데. 어느 구름에 비 들었는지는 아무도 몰라.

기말고사를 망친 오빠는 엄마가 끓여 준 라면을 먹으며 대답했다. 에이 엄마, 공부랑 축구는 다르지. 공부는 머리로 하고 축구는 발로 하는데.

아무리 생각해도 오빠는 둘 중 하나였다. 영혼이 없거나 맑거나. 맑아도 너무 맑거나.

며칠 동안 아랫배가 부푼 듯하다 가라앉곤 했다.

현우와 '교정장치'가 나오는 꿈을 두 번이나 꾸었다. 피구 경기에서 한 팀이 된 둘이 나에게만 공을 던졌다. 밤새 공을 막아 내느라 아침에 눈을 뜨면 몸도 마음도 무거웠다. 꿈은 반대라는 말을 믿어 보기로 했다. 그런데도 자꾸 그 애가 신경 쓰였다. 어쩐지 나의 월드컵은 이제 시작이라는 예감이 스쳤다.

현우와 얘기할 때는 눈을 마주치지 않으려고 애썼다. 이유 없이 얼굴이 빨개지기도 했는데 그럴 때는 그 자리에서 녹아 사라져 버리고 싶었다. 별것 아닌 걸로 화를 내 현우를 당황하게 만들기도 했다. 그래 놓고는 밤마다 현우의 표정과 말을 백만 번쯤 되돌려 보았다. 나를 좋아한다는 암시를 보냈는데 놓쳤을지 모르기 때문이었다.

나는 월드컵 경기를 가지고 점을 쳐 보기로 했다. 내가 찍은 팀이 이기면 현우도 나를 좋아하는 거였다. 16강 대진표와 경기 날짜는 머릿속에 있었다. 매일 밤 눈을 감고 집중해 기다렸다. 그러면 눈앞에 나라 이름이 떠올랐다. 간절한 마음으로 그 나라가 이기길 바라며 잠이 들었다. 아침에 일어나 경기 결과부터 확인했다. 결과에 따라 그날그날 기분이 달라졌다. 현우도 나를 좋아한다는 확신에 벅차올랐다가 우정일 뿐일 거라는 생각에 절망했다. 믿었던 아르헨티나가 나를 배신했다. 아르헨티나가 프랑스에 졌을 때 나도 메시만큼이나 슬펐다.

16강 결과로만 보면 현우는 나를 좋아하지 않았다(세 번 맞추고 다섯 번 틀렸다). 현우에게 나는 우정의 상대일 뿐이었다. 이 방법을 계속 써야 할지 고민되었다. 아무래도 과학적인 방법이 아닌 것 같았다. 그러느라 현우가 얘기 좀 하자고 했을 때도 눈치채지 못했다.

"고민이 있어."

영어학원 건물 1층 버거킹 구석 자리에서 현우가 말했다. 지금까지 본 중에 제일 쓸쓸한 표정이었다. 예전에도 연애 상담을 해 올 때면 이렇게 폼을 잡긴 했지만 어딘가 달랐다. 가슴이 뛰기 시작했다.

"뭔데?"

나는 일부러 심드렁한 표정으로 되물었다. 머리카락을 귀 뒤로 넘겨 현우 눈에 띄게 하고(할머니는 내 귀만큼 예쁜 귀는 본 적이 없다고 했다) 콧등의 땀도 닦아야 했지만 그럴 수 없었다.

"저기, 한나 말이야……."

현우 입에서 '교정장치'의 이름이 나왔다. 그 순간 축구공으로 세게 맞은 것처럼 멍했다. 오빠한테 핸드폰 빌려준 걸 엄마한테 들켰다 해도 이렇게 놀라진 않았을 거다.

"우리 사귄 지 2주 됐거든."

사귄다는 말보다 '우리'라는 단어가 더 가슴을 후볐다. 현우와 나는 다른 세상으로 나뉘었고 나는 거기 끼지 못했다.

"알고 있었어."

저절로 거짓말이 나왔다. 그기기 정말 믿고 있있미는 생틱이 들었다. 내가 두 개로 쪼개지는 것 같았다. 진짜 나는 외할머니 식으로 욕을 퍼부은 다음 일어나 나가 버렸다. 눈은 뭐 하러 두 개나 달고 다니는 거냐, 바로 눈앞의 진주는 왜 몰라보는 거냐. 가짜 나는 그대로 앉아 현우의 고민을 듣고 있었다. 한나가 방탄소년단의 열혈 팬인 게 현우를 괴롭게 했다. 한나 머릿속에는 온통 방탄밖에 없고(그중에서도 슈가), 방은 그들 사진으로 도배되어 있고(그 애 방에도 간 건지 궁금했지만 묻지 않았다) 둘이 있을 때도 방탄에 관한 얘기만 한다.

현우 : (기운 없는 목소리로) 그 정도인지 몰랐어.

가짜 나 : (아무것도 묻고 싶지 않지만 겨우 힘을 내) 뭐가 문제야?

현우 : 그럼 나는 뭐야?

가짜 나 : (허탈하게 웃으며) 너 지금 방탄을 상대로 뭐하는 거냐? 정신 차려라, 장현우. 질투는 그런 데 쓰라고 있는 게 아니야.

현우 : 질투라고? 이게 질투라고? 좋아, 그렇다 쳐. 그럼 어디다 써야 하는데?

어느새 진짜로 돌아온 나 : 한나가 김지혁 팬이라고 생
각해 봐, 김지혁. 사실 나도 그 애 팬이긴 하지만.

나는 이번에도 거짓말을 했다. 전교회장인 김지혁은 꽤 인기
가 있었다. 현우는 바로 알아들었다. 내가 너무 쉽게 정답을 알
려 준 거였다. 좀 더 괴롭혔어야 했는데.

"근데 너희 둘 진짜 사귀는 거 맞아? 너 혼자 착각하는 거 아
니야?"

"그건 아냐."

"증거라도 있어?"

"증거? 한나가 보낸 문자 보여 줘?"

"그딴 거 말고, 네가 걔를 좋아한다는 증거 말이야."

현우가 쑥스러워 하며 뭔가 말하려는 순간 나는 의자에서
일어섰다.

"됐어. 이제 너도 방탄 팬이 되겠구나. 누군가를 좋아하면 그
사람이 좋아하는 걸 좋아하게 되는 법이니까. 내가 이승엽 팬
이라 너도 이승엽 팬이 된 것처럼 말야."

나는 횡설수설하고는 걸어 나왔다. 나도 내가 무슨 말을 한
건지 알 수 없었다. 현우는 나보다 더 헷갈렸을 거다.

수업 시간 내내 멍하게 있었다. 호기 출신 원어민 선생님은 맨 뒷자리에 좀비 하나가 앉아 있다는 걸 알아봤을 거다.

아파트 정문에 도착했을 때 할머니가 보이지 않는 건 당연했다. 학원에서 나와 좀비처럼 여기저기 쏘다니다 왔으니까. 코인노래방에서 이천 원어치 악을 썼다. 바깥으로 나왔을 때 정신이 번쩍 났다. 정문 앞 편의점으로 뛰어들어 가 센터 버스를 봤는지 물었다. 아저씨는 바코드를 찍고 말다 고개를 저었다. 주변을 둘러봤지만 할머니 비슷한 사람은 없었다. 할머니가 길을 잃고 헤매는 장면이 떠올랐다. 엄마에게 알려야 하는데 화난 얼굴이 먼저 떠올랐다. 센터에 전화했지만 계속 통화 중이었다. 무슨 일이 생긴 게 틀림없었다.

나는 무작정 달리기 시작했다. 집으로 가는 길에도 집에도 할머니는 없었다. 경비실로 뛰어가 물었지만 모르겠다고 했다. 아파트 경로당은 문이 잠겨 있었다. 놀이터에 있는 아이들도 못 봤다고 했다. 어쩔 수 없이 엄마에게 전화를 하려는데 그 순간 후문 근처 작은 공원이 떠올랐다. 할머니랑 집에 올 때 가끔 들렀던 곳이었다. 눈물과 땀으로 앞이 잘 보이지 않았다. 아무리 달려도 꿈에서처럼 제자리인 것만 같았다. 할머니만 거기 있어 준다면 앞으로는 착하게 살 거다. 거짓말도, 질투 같은 것도 하지 않을 거다. 냄새가 배더라도 할머니 옆에 붙어 잘 거다. 교정장치, 아니 한나와 현우의 사랑을 응원해 줄 거다.

영원히 내 편인 할머니는 거기 층층나무 아래 벤치에 앉아 있었다. 할머니는 나를 보자마자 두 손을 뻗다 놀라 물었다.

"왜 울어? 누가 우리 선우를 울린 거여? 어떤 호랭이가 물어 갈 놈이!"

아파트 화단 모과나무의 모과가 계란만 해졌다. 찔끔찔끔 장마가 지나갔고 층층나무 가지에 우리 아파트에서 제일 큰 거미줄이 생겼다. 할머니는 셔틀버스로 센터에 오가고, 루시아는 저녁 여덟 시면 라일락 나무 아래서 나를 기다린다. 엄마는 미장원 임대료를 올리려는 건물주와 실랑이하느라 바빠졌고, 오빠는 그 틈을 타 졸기 바쁘다. 나는 착하게 사느라 바쁘다.

나는 예전처럼 할머니랑 함께 잔다. 할머니 겨드랑이에 코를 묻어 냄새를 맡고 거기에 내 영역을 표시해 놓는다. 자는 동안 할머니 냄새와 말투가 내게 흘러들어 온다. 할머니는 나만의 국어사전이다. 아무튼 뭐, 그런 생각이 처음으로 들었다.

월드컵 4강전도 끝이 났다. 월드컵으로 점을 치는 일 따위는 다시 하지 않기로 했다. 현우와 한나의 사랑을 인정하기로 했이니까 착하게 살기로 했으니까. 현우는 빅히트라는 엔끼페에 들어가기 위해 시험을 치렀고 결과를 기다리고 있다고 했다. 그들의 노래 〈FAKE LOVE〉 가사를 몽땅 외웠다고 했다. 외우는 데는 소질이 없는데 가사 하나 틀리지 않았다. 그런 현우를 보는 게 아무렇지 않은 건 아니었다.

"참, 너도 이니에스타 좋아하겠구나?"

쉬는 시간에 나는 혹시나 해서 한나에게 지나가는 말로 물었다. 월드컵에 관한 얘기가 오가던 중이었다. 나는 축구선수에 관심 없지만 현우가 좋아하는 이니에스타에 관한 건 줄줄 꿰고 있었다. 그 선수가 운영한다는 와인농장에 함께 가는 꿈을 꾼 적도 있었다.

"모르겠는데? 누구야?"

한나가 나와 현우를 번갈아 보며 물었다. 뜻밖의 기회에 나는 맞은편에 있던 현우를 눈빛으로 비웃어 주었다. 이게 뭐임? 둘이 좋아한다며? 근데 어떻게 이니에스타를 모를 수 있어? 너는 방탄의 군대가 되었는데 말이야.

"현우가 제일 좋아하는 축구선수야."

나는 승리의 한숨을 포옥 내쉬며 대답해 주었다.

"아냐. 현우가 제일 좋아하는 선수는 음바페야. 그렇지 않아?"

눈을 동그랗게 뜬 한나가 현우를 바라보았다.

"맞아, 음바페. 이니에스타는 이제 한물갔어."

현우가 킥하는 동작을 해 보이며 말했다. 머리에서 땅, 소리
가 울렸다. 한물간 건 이니에스타가 아니라 바로 나였다.

현우만 생각하면 이상하게 배가 고파져 자꾸 먹었다. 엄마는
그렇게 먹다가 후회한다고 했다. 할머니는 뭐든 당길 때 먹으
라고 했다. 아랫배가 부푼 듯하면서 아프다 말다 했다.

러시아 월드컵 결승전 날이 되었다. 드디어 끝나는 거다. 우
리 엄마를 위해서라도 이젠 끝나야 했다. 우리 반은 프랑스와
크로아티아로 반반 나뉘었다. 응원하는 이유는 제각각이었다.
나는 둘 다 응원한다고 했다. 프랑스는 흑인 선수가 많아서 이
기면 좋겠고, 크로아티아는 프랑스보다 작고 가난하니까 이기
면 좋겠어(사실 전날 오빠가 한 말이었다). 어느 나라가 우승할까에
서는 모두 프랑스를 찍었다. 내 의견을 물었을 때 나는 현우와
한나를 번갈아 보며 잠시 뜸을 들였다. 그런 다음 타이르듯 목
소리를 낮춰 말했다. 어느 구름에 비 들었는지는 아무도 몰라.

그날 밤, 오빠에게 핸드폰을 빌려주고 할머니 옆에 누웠다.

슬그머니 컨 민민 티 픔을 써 보고 싶은 생각이 들었다. 안 된
다고 나 자신에게 말했지만 그 생각이 떠나지 않았다. 현우와
나의 사랑을 걸고 마지막으로 딱 한 번만 해 보기로 했다. 내가
우승팀을 맞추면 현우가 돌아오는 거다. 지금 하고 있는 건 '페
이크 러브'라는 걸 깨닫고 진실한 사랑을 찾아 돌아오는 거다.
16강 때는 현우가 나를 우정의 상대로만 여긴 걸로 나왔다. 오
늘은 16강과는 차원이 다른 결승전이었다. 지금까지의 승패는
의미 없었다. 끝이 좋으면 다 좋은 거였다.

나는 눈을 감은 다음 미간에 경기장을 떠웠다. 누구나 예상
하듯 프랑스를 찍고 싶은 마음이 간절했다. 하지만 무작정 마
음을 따라가면 안 되었다. 집중한 다음 저절로 떠오르기를 기
다려야 했다. 눈앞에 희미하게 글자가 나타나더니 점점 또렷해
졌다. 'ㅋ'이었다. 뜻밖이라 한참 고민했다. 어쩔 수 없이 내 감
을 믿어 보기로 했다. 내일이면 뭔가 놀라운 일이 벌어질 거라
는 생각에 가슴이 두근거렸다. 나는 크로아티아에 우승컵을 안
겨 주고 잠이 들었다.

아침에 눈을 떠 할머니와 눈이 마주친 순간, 정말 놀라운 일
이 벌어졌다는 걸 깨달았다. 할머니는 내 이부자리와 잠옷 바
지에 묻은 걸 이제 막 본 듯했다.

"달거리 시작했네."

할머니는 신기한 듯 입을 다물지 못했다. 나는 처음 듣는 단어인데도 그게 초경을 뜻한다는 걸 알아챘다. 오래전 할머니와 엄마에게 일어났고 끝난 일이 나한테서 새로 시작되고 있는 거였다. 나는 아랫배를 감싸며 일어나 앉았다. 축축하고 끈끈한 팬티의 감촉에 모든 게 낯설어 보였다. 그러느라 어느 팀이 우승했는지 아직 확인도 못 하고 있었다.

며칠 사이에 햇빛의 빛깔과 바람의 방향이 바뀌었습니다. 지난 여름은 폭염의 길이로나 세기가 무시무시할 정도였습니다. 그래서인지 이 며칠의 변화가 부쩍 반갑습니다. 햇빛은 순해지고 바람에는 선선한 기운이 담겨 있습니다.

저는 지금 부엌 창가에 앉아 있습니다. 창밖으로 모과나무 한 그루가 보입니다. 주먹만 해진 모과들이 햇빛을 당겨 달달한 즙으로 바꿔 저장하고 있습니다. 어디선가 매미 한 마리가 울고 있고요. 올여름 내내 귀를 아프게 했던 떼창이 아니라 혼자 울고 있습니다. 처서 지난 지 오래고 백로가 가까운데, 남들 다 떠나고 난 뒤인데, 혼자.

세상이 너무 빨리 변한다고 말들 합니다. 그러면서도 나 혼자만 그 흐름을 타지 못할까 두려워 함께 휩쓸립니다. 어디로 가는지

도 모른 채로요. 하지만 혼자 남은 매미가 그러지 않아도 된다고 말해 줍니다. 모과에는 모과의 속도가 매미에게는 매미의 속도가, 그리고 너에게는 너만의, 나에게는 나만의 속도가 있는 거라고. 그러니 조바심 내지 말라고. 우리가 해야 할 일은 자기 몫의 울음을 마지막 한 방울까지 울어내는 거라고. 그러면 된다고. 늦매미 한 마리가 저와 제 친구인 여러분에게 준 선물입니다.

한수영

아무것도
모르면서

ⓒ 김태호·문부일·박하익·진형민·최영희·한수영, 2018

초판 1쇄 발행일 2018년 12월 13일

지은이 김태호·문부일·박하익·진형민·최영희·한수영
펴낸이 김혜선   펴낸곳 서유재   등록 제2015-000217호
주소 (우)04034 서울 마포구 잔다리로7길 18(서교동 377-20) 403호
전화 070-5135-1866   팩스 0505-116-1866   대표메일 outdoorlamp@hanmail.net
종이 엔페이퍼   인쇄 성광인쇄

ISBN 979-11-89034-08-5 43810

이 도서의 국립중앙도서관 출판예정도서목록(CIP)은 서지정보유통지원시스템 홈페이지(http://seoji.nl.go.kr)와
국가자료공동목록시스템(http://www.nl.go.kr/kolisnet)에서 이용하실 수 있습니다.
(CIP제어번호: CIP2018037939)